Im Auftrag von Bogumil:

Ein geheimnisvolles Päckchen

DIX VERLAG

Die Arbeit an diesem Buch wurde gefördert durch ein Arbeitsstipendium des Landes Nordrhein-Westfalen für Autorinnen und Autoren 2008.

1	Ein geheimsisvolles Päckchen	(ISBN 978-3-941651-51-7)
2	Das verschollene Vermächtnis	(ISBN 978-3-941651-67-8)
3	Geflügelte Schatten	(ISBN 978-3-941651-68-5)

Unser gesamtes lieferbares Programm und
viele ergänzende Informationen unter:
www.dix-verlag.de

ISBN 978-3-941651-51-7

Überarbeitete Neuauflage 2017

Illustration: Fides Friedeberg, Bonn
Gestaltung und Satz: fototypo, Berlin
Druck und Bindung: CPI – Ebner & Spiegel, Ulm
Printed in Germany

SIMAK BÜCHEL
Im Auftrag von Bogumil:
Ein geheimnisvolles Päckchen
DIX
VERLAG

Für Henrik, Malin und Danny

1. Kapitel

Tammo Fistel war seit seiner Geburt ein echter Pechvogel. Schon im Kreißsaal hatte er sich aus dem Griff der Hebamme gewunden und war mit einem satten *Platsch* auf dem Bauch seiner Mutter gelandet. Seitdem war kein Jahr vergangen, in dem ihm nicht irgendetwas fürchterlich Unpassendes widerfahren wäre. Tammos ältere Schwester, Dodo, hatte irgendwann angefangen, all die Peinlichkeiten in ihrem Tagebuch festzuhalten, zum Beispiel Tammos letzten Geburtstag. Zur Feier des Tages und aus reiner Forscherleidenschaft hatte er sich Smarties in beide Nasenlöcher gesteckt und sie nicht mehr herausbekommen.

Und jetzt die Sache mit dem Schluckauf. Tammo hatte nämlich seit einhundertachtunddreißig Tagen, sechs Stunden und siebenundvierzig Minuten Schluckauf.

Natürlich hatte er schon vor einhundertachtunddreißig Tagen, sechs Stunden und vierunddreißig Minuten so ziemlich alles versucht, um seinen Schluckauf loszuwerden. Seine Mutter riet ihm, Kopfstand zu machen und dabei ein Glas Wasser zu trinken. Das tat er. Doch der Schluckauf blieb. Seine Schwester riet ihm, sich fürchterlich zu erschrecken. Auch das tat er, so gut er konnte. Doch der Schluckauf blieb. Frau Kümmelfisch, ihre Vermieterin im Parterre, riet ihm, die Luft anzuhalten. Das tat Tammo mit dicken Backen für neunundvierzig Sekunden. Doch der Schluckauf blieb. Schließlich rieten ihm einige Klassenkameraden, eine lebendige Kaulquappe zu verschlucken. Tammo war so verzweifelt, dass er selbst das tat. Da lachten sie sich kaputt und kreischten vor Schadenfreude, denn Kaulquappen haben mit Schluckauf bekanntlich überhaupt nichts zu tun. Obwohl die Kaulquappe das durchaus wusste, kam für sie jede Hilfe zu spät.

Tammo hingegen ahnte nichts Böses, wischte sich mit dem Handrücken über den Mund und spürte plötzlich, wie sich etwas Kleines, Flinkes, Quappiges in seinem Bauch regte. Schluck. Gleich lief er grün an und sagte: „Oh je, o je, w... – *hik* – wie eklig ...“

In der Zwischenzeit liefen seine feinen Freunde über den Schulhof und riefen: „Tammo frisst Kaulquappen! Fistel, die Froschfresse!“ Oder sie dichteten Dinge wie: „Happen, pappen noch mehr Quappen, Fistel will sie alle schnappen!“

Nun, es ist unschwer zu erkennen, dass Tammo wirklich alles versucht hatte, seinen Schluckauf loszuwerden. Doch nichts wollte helfen. Wieder einmal Pech, könnte man sagen. Selbst die Ärzte der Uniklinik, zu der ihn seine Mutter gefahren hatte, blickten sich nur ratlos an. Alles, was sie sagen konnten, nachdem sie Tammo mit Gummihämmerchen traktiert, seine Eingeweide geröntgt und ihm die Ohren ausgeleuchtet hatten, war, dass er unter einer äußerst seltenen, hochgradig hartnäckigen Form des Schluckaufs litt. Diesen beenden, das konnten sie nicht.

„Junger Freund, dein Singultus wird unseres

Erachtens, da stimme ich mit meinen werten Kollegen vollauf überein, von ganz allein verschwinden. Schwupps ..." Der Oberarzt machte eine Geste, die mehr zu einem *Tadaa*, als zu einem *Schwupps* passte und blinzelte selbstzufrieden. „Schwupps, und er ist weg."

„Schwu... – *hk* – schwupps, meinen Sie?", fragte Tammo und legte den Kopf schräg. „Und dafür ha... – *hk* – haben Sie so lange studiert?"

Rasch führte ihn seine Mutter an den erröteten Medizinern vorbei und zur Tür hinaus.

Seitdem hatte Tammo keinen einzigen Satz mehr ohne Schluckaufunterbrechung zu Ende gesprochen. In den ersten dreißig Tagen wäre er deswegen fast wahnsinnig geworden. Und dann erst die Nächte! Selbst seine Träume wurden von diesem Gehickse durchlöchert. Irgendwann hatte er sich angewöhnt, im Telegrammstil zu sprechen, was sich ungefähr so anhörte:

„Mama. Hausaufgaben fert... – *hik*. Will raus. Pi... – *hk* – Pilze! Darf ich?"

Er durfte. Seine Mutter blickte ihm, wie so häufig, traurig und mitleidig nach, als er im Hinterhof verschwand. Denn Tammo, ihr kleiner Pechvogel, hatte es auch sonst nicht leicht.

Die meisten Menschen sind der Ansicht, dass sich *eine* Peinlichkeit vielleicht noch gerade so ertragen lässt. Aber gleich ein wuselnder Haufen davon? Nein danke, ausgeschlossen. Schon gar nicht mit Schluckauf!

Es verhielt sich nämlich so, dass Tammos und Dodos Vater unauffindbar war. Kurz nach Tammos Geburt war er spurlos verschwunden. Und Feodora fand schon seit Monaten einfach keine neue Arbeit. Fistels mussten jeden Cent umdrehen, und trotzdem fehlte das Geld an allen Ecken und Enden. Im Urlaub waren sie seit Ewigkeiten nicht mehr, und an coole Klamotten für Tammo war nicht zu denken. Er musste das auftragen, was seiner Schwester zu klein geworden war, und so kam es nicht selten vor, dass er in einer Jeans mit rosa Aufschlägen und Blümchenmuster in der Klasse erschien. Wenn man in die fünfte Klasse geht, gibt es für einen Jungen nichts Schlimmeres, als Jeans mit rosa Aufschlägen und Blümchenmuster. Da ist es fast besser, man kommt nackt in die Schule.

So oder so wurde Tammo von den Jungs aus seiner Klasse gehänselt. Seit dem Schluckauf hatte es sich nur noch verschlimmert. Sie pufften ihn mit Worten und Ellbogen, wann immer sie Tammo erwischen konnten. Sie steckten ihn in Mülleimer oder sperrten ihn auf der Mädchentoilette ein. Denn dorthin gehörte er, ihrer Meinung nach, mit einer solchen Jeans. Den größten Teil seiner Pausen verbrachte Tammo folglich damit, sich vor seinen Peinigern zu verbergen, und wenn es zur nächsten Stunde klingelte, atmete er fast schon ein wenig erleichtert auf.

Und als wäre all das noch nicht genug Pech für ein Jahr und einen Jungen, standen ihm vor den Sommerferien auch noch die peinlichsten Tage seines Lebens ins Haus. Es fing an, kurz bevor die Geschichte mit dem schwarzen Brief passierte. Doch, um die zu berichten, muss wohl etwas weiter ausgeholt werden.

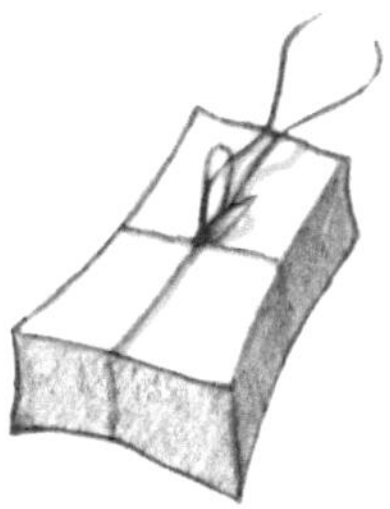

2. Kapitel

Der Mittwoch vor den Sommerferien begann eigentlich ganz unauffällig. Tammo stand am Anfang der großen Pause vor dem Vertretungsplan und freute sich darüber, dass Mathe in der dritten Stunde ausfiel.

„Was grinst du so blöd, Fistel?“

Tammos Lächeln gefror ihm auf den Lippen. Seine Schultern sackten herab, als er sich umdrehte und Raulis Mondgesicht unmittelbar über sich erblickte. Hinter Raulis Schultern grinsten verschlagen und dümmlich Kyrill und Emnat, die wie träge Satelliten ihren Mond umkreisten.

„Ha... – *hk* – hallo, Rauli“, begann Tammo. „Mathe fällt aus.“

„Weiß ich schon längst, du Penner! Ist das ein Grund so dämlich zu grinsen?“

Rauli Klops blies seine Backen auf und knuffte ihn in den Magen.

„Findest du irgendwas besonders witzig, Fistel? Ist das so, ja?“

Tammo wich zurück, bis er den Betonpfeiler in seinem Rücken spürte. Raulis Schatten fiel ihm von oben ins Gesicht, denn der Sohn des Metzgers war nicht nur einen Kopf größer, sondern auch doppelt so breit.

„Nein, gar nicht. Ni... – *hk* – nichts ist witzig“, wand sich Tammo und verzog den Mund zu einem unsicheren Lächeln. Rauli legte seine Pranken links und rechts von seinem Kopf gegen den Pfeiler, schob einen Zimtkaugummi bis zur Unterlippe vor und tippte Tammo dann mit dem Zeigefinger genau zwischen die Augen.

„Für einen wie dich, Fistel, für einen blöden Stütze-Penner wie dich, gibt es hier nämlich gar nichts witzig zu finden! Klar?“

Innerlich begann Tammo vor Wut zu kochen. Na super, auch das noch! Wieso musste Rauli jetzt ausgerechnet darauf herumreiten? Reichte es nicht, dass er sich über seine Klamotten und

E = mc2

Schuhe lustig machte? Tammos Fingerknöchel zeichneten sich weiß unter der Haut ab, doch noch gerade rechtzeitig schaltete sich sein Gehirn wieder ein.

„Klar ...", presste er hervor.

„Ob das klar ist, Fistel?" Sichtlich genoss Rauli seine Macht, bis er plötzlich dabei gestört wurde.

„Auf ein Wort, Tammo!"

Emnat und Kyrill verkrümelten sich, denn sie hatten Cornelius Memeschs Stimme erkannt. Gerade trat der Rektor der ehrwürdigen Rummelkopf-Schule aus dem Sekretariat und winkte in ihre Richtung. Ein letztes gehässiges Grinsen ließ Rauli noch aufblitzen, bevor er seine Lippen spitzte, um Tammo seinen Kaugummi in die Haare zu spucken.

„Bis später, Fistel ...", zischte er und gab ihn frei.

Angewidert suchte Tammo seine Frisur ab, friemelte den Kaugummi heraus und warf ihn in den Mülleimer. Cornelius Memesch begegnete seinem Blick und bemühte sich um ein Lächeln.

„Hast du eine Minute Zeit, Tammo? Es dauert auch nicht lange.“ Schon hatte ihm der Rektor die Hand auf die Schulter gelegt und ihn vor sich her durch die Glastür in Richtung seines Büros geschoben. Obwohl Tammo nichts ausgefressen hatte, kam sein Schluckauf in immer kürzeren Abständen. Was konnte Herr Memesch nur von ihm wollen? Als das ungleiche Paar vorüberging, blickten die Sekretärinnen kurz auf und began-nen zu tuscheln. Außerdem saß im Sekretariat auch noch ein Mann mit Glatze und grausilber-nem Brillengestell, durch welches er Tammo auf-merksam nachblickte. Dann öffnete Cornelius Memesch die Tür zu seinem Büro.

„Setz dich, Tammo. Setz dich doch bitte!“ Sei-ne Stimme klang sonderbar belegt, als suchte er nach der rechten Tonlage für das bevorstehende Gespräch. Tammo schluckte. Er traute sich kaum zu atmen.

Gewichtig ließ sich der Erwachsene in seinen

Ledersessel gleiten, stemmte die Hände auf der polierten Tischplatte ab und legte die Stirn in Falten.

„Nun ..."

Tammo begann zu schwitzen. Dieses „nun" hörte sich gar nicht gut an!

„Tammo ..." Cornelius Memesch presste seine fleischigen Lippen aufeinander und nickte kaum merklich. Dabei sah er aus wie ein Karpfen, der die Quadratwurzel von 654 im Kopf zu lösen versuchte.

Die Angst schärfte Tammos Sinne. Vielleicht nahm er deswegen jedes Detail im Gesicht seines Gegenübers wahr. Er bemerkte, dass die Ohren des Rektors von der Morgensonne zum Glühen gebracht wurden, zumindest der Kranz feinster Härchen, der von ihren Rändern abstand. Dann fiel ihm die winzige Schweißperle auf Herrn Memeschs Oberlippe auf.

„Tammo, du hast immer noch ... nun, wie soll ich es sagen, Probleme mit deinem – Schluckauf?“ Die Frage klang ein wenig wie eine Drohung. Tammo nickte matt.

„Und?“, fragte Cornelius Memesch. „Glaubst du, er wird von allein verschwinden?“

Tammo stutzte. Was sollten diese Fragen? Wollte sein Schulleiter tatsächlich über Schluckauf reden? Hier stimmte doch etwas nicht.

Zögerlich antwortete er: „Ja doch, Herr Memesch, damit re... – *hk* – rechne ich täglich.“

„Gut.“ Cornelius Memesch dehnte das U und füllte damit eine ganze Pause. „Das ist gut, Tammo, freut mich, dass du es so siehst. Wäre ja auch ein Ding, wenn du in der sechsten Klasse immer noch ... Nicht wahr? Ha ... ha ...“

Der Blick des Rektors huschte zur rechten Wand, wo ein Ölportrait von Ignatius Rummelkopf, dem Namensgeber der Schule, hing. Dabei betastete Herr Memesch eine Stelle seines linken Oberarmes und verzog die Mundwinkel. Das Bild zeigte einen vornehmen Herrn mit Einstecktuch, Seitenscheitel und nahezu durchgehender

Augenbraue, dessen Blick starr auf Cornelius Memeschs Arbeitsplatz gerichtet war. Tammo verfolgte jede Bewegung des Rektors, ließ dabei die anschwellende Schweißperle auf der Oberlippe keine Sekunde aus den Augen. Doch selbst Rummelkopfs Portrait schien nicht genau zu wissen, worauf Herr Memesch eigentlich hinaus wollte.

„Tja, das wäre ja auch wirklich ein Ding ..."

Wieder verging eine Ewigkeit, in der der Rektor schweigend auf seinen Schüler blickte. Er schien angestrengt zu überlegen. Seine Stirn war in Falten gelegt, und die Schweißperle wuchs. Eigenartigerweise schien er unter ungeheurer Spannung zu stehen. Und dann passierte es. Gerade in dem Augenblick, als sich Cornelius Memesch in seinem Sessel zurücklehnte, ertönte ein kleiner Pups. Kein infernalischer, Gott behüte! Aber einer, der zweifelsohne als Pups erkennbar war. Sofort lief der Rektor rot an. Tammo traute seinen Ohren nicht und tat so, als hätte er nichts gehört. Das fiel ihm jedoch schwer. Wie in einer geschüttelten Sprudelflasche, deren Deckel man drehte, spürte er ein Kichern in sich emporschießen. Seine Mundwinkel begannen zu zucken. Endlich öffnete der Rektor den Mund und sagte ...

„Hrr-Wuff."

Mit aufgerissenen Augen starrte Tammo auf dessen Mund. Herr Memesch räusperte sich, tupfte sich die Oberlippe mit einem lavendelfarbenen Taschentuch ab und sagte dann ...

„Wuff, hrr-wuff!"

„Herr Me... – *hk* – Memesch, ist Ihnen nicht gut? Soll ich je... – *hk* – jemanden rufen?"

„Rufen? Um Himmels Willen, nein! Tammo, nein! Mir geht es prächtig ... Ha ... ha ..." Und nun beugte sich der Rektor nach links, senkte sein Gesicht bis auf Höhe der Tischplatte und zwinkerte.

„Und genau deswegen habe ich dich zu mir gebeten! Es gibt da nämlich ein winzigkleines Problem ..."

„Ein Problem, Herr Memesch?“

„Hrr-hrrrr...“

„Ein bellendes und pupsendes Problem.“

Mit diesen Worten winkte er Tammo zu sich heran, bis dieser unter den Schreibtisch blicken konnte. Dort lag ein Mops auf seiner Decke und starrte ihn aus völlig zerknautschtem Gesicht an. „Irgendwie passt das Hundegesicht zu Herrn Memeschs Tränensäcken“, dachte Tammo, doch das behielt er lieber für sich.

„Das ist Achill, der Mops meiner Schwester Isidora. Wir müssen uns für zwei Wochen um ihn kümmern, da sie zur Kur ist. Leider hat meine Frau eine Hundehaarallergie, und ... tja ... da blieb mir nichts anderes übrig, als ...“

„A... – *hik* – als Achill mit in die Schule zu nehmen ...“, beendete Tammo den Satz und grinste.

„Außer dir und den Sekretärinnen weiß niemand von Achill“, begann Cornelius Memesch. „Und so soll es auch bleiben! Gar nicht auszudenken, was das für einen Skandal gäbe! Gar nicht auszudenken." Wieder huschte sein Blick zu dem Ölgemälde.

„Ich zähle also fest auf deine Verschwiegenheit. Ich brauche dein Ehrenwort, Tammo!" Auf einmal wirkte der Rektor selbst wie ein Junge, der etwas ausgefressen hatte.

„Haben Sie, Herr Memesch! Ich schw... – *hk* – schweige wie ein Grab!" In Gedanken fügte er jedoch hinzu: „Kein Pups verlässt diesen Raum, Herr Memesch!"

„Gut!", sagte der Rektor wieder mit gedehntem U und atmete auf. „Das ist gut Tammo, sehr gut. Aber es reicht leider nicht. Ich muss dich um einen noch viel größeren Gefallen bitten!" Verschwörerisch beugte er sich zu seinem Schüler hinüber.

„Laut Vertretungsplan hast du gleich eine Freistunde, nicht wahr?"

Als Tammo fünf Minuten später das Büro verließ, hätte er am liebsten laut gerufen: „Herr Memesch hat einen pupsenden Mops unter seinem Schreibtisch!“ Einfach nur, um den Druck loszuwerden, aber das durfte er nicht. Hoch und heilig hatte er geschworen, dieses Geheimnis zu wahren, und sogar noch mehr! Er war zum Komplizen auserkoren worden. Unwillkürlich glitt seine Hand in die Hosentasche, wo er den Zehn-Euro-Schein ertastete. Nun steckte er mit dem Rektor und dem Mops sprichwörtlich unter einer Decke. Was für eine schauerliche Vorstellung! Mit einem mulmigen Gefühl in der Magengegend trat er in die Pausenhalle.

„Du bist ja ganz blass, Tammo. Ist dir nicht gut?“

Dodos Frage riss ihn unsanft aus seinen Grübeleien. Seine Schwester kam gerade mit Freundinnen aus dem Gebäudeflügel der höheren Klassen und hatte ihre Schultasche lässig geschultert.

Die Haare fielen ihr in die Stirn, doch zwischen den blonden Strähnen blitzten Dodos

Augen auf, und Tammo spürte jenen ganz speziellen Blick auf sich ruhen: grau wie Gewitterwolken und mit kupferfarbenen Sprenkeln rings um die Pupillen. Einmal abgesehen von ihren Augen, in dem Punkt waren sich alle älteren Jungs einig, standen Dodo Jeans mit rosa Aufschlägen einfach großartig! Ein bisschen beneidete Tammo seine Schwester, weil sie bei allen so beliebt war.

„Ni... – *hk* – nichts ist, alles bestens. Danke." Argwöhnisch hielt er nach seinen Peinigern Ausschau, doch Rauli und die Gang waren nirgends zu sehen.

„Nervt dich schon wieder dieser Arschklops, Tammo? Also, wenn ich den erwische, dann ..."

„Schon gut. Ko... – *hk* – komme klar, Dodo. Memeschs wollen heute Pilze, hat der Rektor gesagt."

„Super, Tammo! Du wirst noch ein richtiger Geschäftsmann, wenn du nicht aufpasst. Was hast du denn jetzt?"

„Frei. Muss noch wa... – *hk* – was erledigen. Bis später, Dodo!“ Winkend machte er sich aus dem Staub. Am Milchbüdchen hatte Tammo nämlich Rauli Klops entdeckt. Und, was noch viel schlimmer war, er war ebenfalls bemerkt worden.

„He, Fistel, warte“, polterte Rauli durch die Pausenhalle, sodass sich auch Dodo umdrehte. „Wir haben hier ein paar Regenwürmer, Fistel! Damit wollen wir deinen Frosch füttern!“

Im letzten Moment gelang es Tammo, sich an den einzigen Ort zu retten, wo er sich in der Schule sicher fühlte: das Kabuff seines Biolehrers, Herrn Tlön.

Thadäus Tlön war ein kauziges Männlein mit Hornbrille, Schnauzbart und gelbem Pullunder. Er war nicht viel größer als Tammo, und das wollte schon etwas heißen. Er hatte es sich zur Angewohnheit gemacht, seine Pausen nicht mehr im Lehrerzimmer zu verbringen, sondern in einem kleinen Raum, welchen er mit Aquarien und Terrarien vollgestellt hatte. Zauneidechsen und Rotwangenschildkröten lugten aus ihrem Versteck zur Tür hinüber, und hier und dort blubberte es. Inmitten des bunten Treibens von Gottesanbeterinnen, Heimchen, wandelnden Blättern und dem schuleigenen Glasmesserfischschwarm saß Thadäus Tlön, balancierte seine Butterbrotdose auf den Knien und genoss die anregende Gesellschaft. Tammo war mittlerweile Stammgast in dieser ökologischen Nische. Er liebte es, mit geschlossenen Augen dazusitzen und zu lauschen. Dann stellte er sich vor, er befände sich im tiefsten Amazonas-Regenwald auf Expedition. Ansonsten half er in den Pausen, die Tiere zu füttern und unterhielt sich mit Herrn Tlön über Bücher und Biologie. Denn das waren ihre gemeinsamen Leidenschaften.

In dieser Pause begrüßte ihn Thadäus Tlön, indem er sein übergroßes Käsebrot schwenkte und mit vollem Mund zu ihm sagte: „Mhammo, Tammo.“ Er schluckte den Bissen schnell hinunter. „Na, wirst du wieder von den Primaten verfolgt?“

Tammo musste lächeln und hätte sich am liebsten gleich einen Stuhl herangezogen. Aber heute hinderten ihn wichtige Dinge daran.

„Kaum von den Bäumen herunter und schon hinter Tammo her, also ehrlich ..."

„Hallo, Herr Tlö... – *hk* – Tlön! Entschuldigung, heute keine Zei... – *hk* – Zeit! Geheimauftrag!"

Herr Tlön nickte verständnisvoll und biss von seiner Stulle ab.

„Ach ja, immer diese Geheimaufträge ... Dann vielleicht in der nächsten Pause, Tammo. Du weißt ja, wo du mich finden kannst!"

„Tau... – *hik* – tausend Dank, Herr Tlön! Verschwinde durch den Lichtschacht." Tammo zwängte sich zwischen zwei gewaltigen Schlangenterrarien hindurch bis zur Rückwand des Raumes, wo eine Trittleiter bis unter das Fenster reichte. Von dort aus würde er über den Lichtschacht ins Freie gelangen.

„Schon gut, ich halte dir die Bande solange es geht vom Hals. Und ..."

Tammo hatte bereits das Fenster geöffnet, hockte im Schacht und drehte sich noch einmal zu seinem Lehrer um.

„Und Tammo, sag deiner Mutter Danke für das Buch! *Gesner*, du weißt schon! Werde ganz pfleglich damit umgehen!“

Tammo nickte nur und zog hinter sich das Fenster zu. Dann war er verschwunden. Im nächsten Augenblick sprang die Tür zum Kabuff auf, und Rauli, Kyrill und Emnat erschienen auf der Bildfläche. Rauli hielt in seiner Hand ein quirliges Bündel Regenwürmer, das für Tammo bestimmt war.

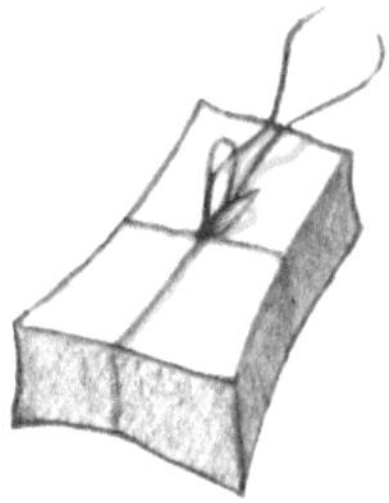

3. Kapitel

Auf dem Gitterrost stehend, konnte Tammo noch die Stimmen seiner Verfolger hören, die sich mit Herrn Tlön unterhielten. Doch dafür hatte er jetzt keine Zeit mehr. Ein Blick auf die Uhr zeigte ihm, dass er sich sputen musste. Rings um den Lehrerzimmertrakt wucherte ein Gestrüpp, welches die Sicht auf den Schulhof versperrte. Es war Tammos geheimer Fluchtweg, wann immer er Rauli entkommen musste. Sonst wusste niemand von diesem Laubgang, ausgenommen Herr Tlön natürlich. Lautlos huschte Tammo zwischen Mauer und Blattwerk, direkt unterhalb der Fensterzeile des Lehrerzimmers entlang, und hielt nur kurz inne, um Atem zu schöpfen. Dann war er um die Ecke und schlich sich an das Fenster von Cornelius Memeschs Büro heran. Wie mit dem Rektor vereinbart, klopfte er an den Rahmen.

Tok. Pause. *Tok, tok.* Pause. *Tok.*

Nach einem Moment der Stille, in dem nur die Geräusche der großen Pause durch das Gebüsch drangen, öffnete sich das Fenster, und Herr Memesch zischte: „Tammo? Bist du es?"

„Aber si… – *hk* – sicher, Herr Memesch. We… – *hk* – wer sonst?"

„Auch wieder wahr, Tammo. Auch wieder wahr. Wäre mir, ehrlich gesagt, auch ziemlich unlieb, wenn hier noch mehr Leute vorbeikämen! Ha … ha … Du verstehst sicher, wie ich das meine."

Tammo nickte nervös, denn Herr Memesch hatte seine Stimme nur leicht gesenkt. In ein paar Minuten würde es zur dritten Unterrichtsstunde klingeln, und bis dahin konnte er schon durch ein zu lautes Husten auffliegen. Damit wäre alles verloren.

„Du weißt also, was zu tun ist?"

Tammo nickte wieder.

„Dann kommst du fünf Minuten vor der kleinen Pause hierher zurück und … Ach ja, bevor ich es vergesse, denk heute Nachmittag bitte unbedingt an die Pilze. Es muss die gleiche Mischung sein wie letztes Mal, sagt meine Frau. Sie waren wirklich exquisit. Frau Memesch besteht darauf, nur von dir beliefert zu werden! Das sagt sie ausdrücklich!“ Über diesen Gunstbeweis lächelnd beugte sich Herr Memesch vorsichtig aus dem Fenster und hievte den strampelnden Mops ins Freie.

Tammo starrte mit offenem Mund auf den Hund. Cornelius Memesch bemerkte seinen Blick und rollte verlegen mit den Augen.

„Ich weiß selbst, dass das bescheuert aussieht, aber meine Schwester besteht nun einmal darauf, dass Achill so und nicht anders Gassi geht.“

„A... – *hk* – ...“, sagte Tammo und blickte auf das strampelnde Etwas in seinen Händen, das ein türkises Cape und ein Hütchen in derselben Farbe trug.

„Aber tü... – *hk* – türkis?“

„Sei froh, dass ich die Stiefel zu Hause vergessen habe, Tammo!“ Herr Memesch schnalzte mit den Lippen.

„Etwa auch ...“

„Auch türkis, genau. Das ist Isidoras Lieblingsfarbe, ich kann leider nichts dafür ...“

In diesem Augenblick klopfte es an der Tür, und Herr Memesch zuckte vor Schreck zusammen, zog sich zurück und schaffte es im letzten Moment, das Fenster zu schließen. Sofort tauchte Tammo mit Achill ab und machte sich ganz klein. Er hörte, wie drinnen die Tür geöffnet wurde und eine Stimme mit fremdländischem Akzent ertönte. Leider konnte Tammo in seinem Versteck nicht hören, was genau gesprochen wurde. Er war zudem zu sehr mit Memeschs Mops beschäftigt. Zum Glück kannte sich Tammo gut mit Tieren aus. Achill schaute ihn erwartungsvoll aus dunkel schimmernden Glupschaugen an und röchelte wie ein Kettenraucher. Tammo sah auf das türkise Cape und den Hut, der dem Hund fesch in die Stirn gerutscht war.

Hätte er Achill nicht im rechten Augenblick die Hand aufs Maul gedrückt, wären sie von seinem Kläffen mit Sicherheit verraten worden. So war Achill jedoch mit seiner ganzen, strampelnden Mopsseele abgelenkt. Mit wahrer Inbrunst schleckte er Tammos Handinnenfläche ab, wobei er selbst die Fingerzwischenräume nicht ausließ. Nach einer Ewigkeit, wie es Tammo schien, klingelte es zur dritten Stunde, und die Geräusche auf dem Schulhof wurden leiser. Endlich waren sie ganz allein, und Tammo konnte es wagen, bis ans Ende der Hecke zu schleichen, von wo aus er nur noch zwei, drei Sätze machen musste, um wieder hinter parkenden Autos verschwinden zu können.

Einen letzten Blick warf er noch über die Schulter, dann sprintete er mit dem keuchenden Mops unter dem Arm los. Er rannte vorbei an den Autos, rasch in die nächste Gasse, und sie hatten es geschafft. Endlich konnte sich Tammo ein Lachen erlauben. Was für ein verrückter Tag! Was für ein durch und durch verrückter Tag!

Nachdem Tammo den Hundesabber von seiner Hand gewischt hatte, atmete er tief durch und genoss die wieder gewonnene Freiheit. Er konnte es gar nicht fassen, mit Genehmigung des Schulleiters während der Schulstunden das Gelände verlassen zu haben und auch noch dafür bezahlt zu werden!

„Wa… – *hk* – was für ein Tag!"

Zu diesem Zeitpunkt ahnte er noch nicht, dass es der peinlichste seines Lebens werden würde.

Endlich setzte er Achill neben sich ab und ließ ihn an der Leine lostrollen. Allmählich wurde er selbst etwas ruhiger und betrachtete die Stadt, eine Zehnuhrstadt, die er sonst nur von Wochenenden und Ferien her kannte. Es war, als würde Tammo durch einen verzauberten Ort spazieren und dabei auf Menschen und Handlungen stoßen, die ihm sonst verborgen blieben. Er sah dem Postboten nach, der vor ihm die Gasse hinabradelte und bemerkte, wie die kleinen Geschäfte am Rand des Marktplatzes ihre Türen zum Lüften geöffnet hatten. Aus der Teestube von Frau Dronte waberte ihm auch zu dieser frühen Stunde die berauschende Mischung aus Düften entgegen, die in seiner Nase und seiner Erinnerung kitzelte.

Endlich erreichte er das Ende der Gasse, welche zwischen Fachwerkhäusern auf den mittelalterlichen Marktplatz mündete. Auch der Markt offenbarte ihm eine ungewohnte Welt. Die Auslagen der Blumenhändler wurden gerade aufgefüllt, und die Wagen des Wochenmarktes hatten ihre Stände ausgeklappt. Orangen und Kartoffeln wurden zu Kegeln geschichtet, Äpfel und Papayas bildeten duftende Ringe. Weiter führte ihn sein Weg, und Achill trabte tapfer nebenher. Hin und wieder blickte sich eine Marktfrau nach Achills türkisem Hütchen um oder belächelte das Cape, doch das störte Tammo nicht weiter. Es war ja schließlich nicht sein Mops. Dann kamen sie an seiner Lieblingsstatue vorbei, die sich am oberen Markt in eine Häusernische zwängte. Zwei Bronzekugeln waren dort zu sehen, eine große und eine kleine, die den abschüssigen Markt mit mächtigem Poltern hinabgerollt wären, hätte man sie nicht fest im Boden verankert. Auf der vorderen, kleinen Kugel, balancierte ein kupfernes Erdferkel und ließ seine Zunge aus dem Mundwinkel baumeln. Tammo liebte dieses Kunstwerk, und wann immer er zum Markt kam, tat er, was viele taten. Er zwirbelte mit Daumen und Zeigefinger die kupferne Zungenspitze des Erdferkels, wodurch diese blank poliert im Morgenlicht schimmerte.

Achill begutachtete in der Zwischenzeit die hintere Kugel und hob sein Bein. Dann ging es weiter. Geradezu magisch wurden sie von einer neuen Duftwolke angezogen: bratende Rippchen, saftige Frikadellen, röstkrosse Hähnchenschen-

kel und viele, viele Feinkostspezialitäten mehr ließen ihnen das Wasser im Mund zusammenlaufen. Tammos Nase führte ihn stracks auf die Metzgerei Klops zu, vor deren Schaufenster ein weißer Kastenwagen stand. Mit diesem lieferte Herr Klops höchstpersönlich bestellte Leckereien aus. Für einen kurzen Augenblick spielte Tammo mit dem Geldschein in der Hosentasche und überlegte, ob er seiner Familie nicht Koteletts zum Abendessen kaufen sollte. Doch dann dachte er an Rauli, den Zimtkaugummi und die Regenwürmer, und der Appetit verging ihm gleich wieder.

„Hö... – *hk* – hörst du, Achill, heute keine Koteletts!“

Der Hund blickte japsend zu ihm auf, und es schien Tammo, als träten die schimmernden Mopsaugen noch weiter aus dem gestauchten Gesicht hervor.

„Aber vertra... – *hk* – vertrau mir, wir suchen dir jetzt erst mal ein Bäumchen!“

Doch bevor sie weitergingen, besah er sich das Schaufenster der Metzgerei etwas genauer. Auf das Glas waren drei tanzende und singende Schweine gemalt, eines trug einen Zylinder und ein Monokel, im Hintergrund hingen Ochsenzungen in der Auslage.

„Schau mal, Achill", sagte Tammo. „Na so – *hk* – so was, wenn das nicht Rauli, Kyrill und Emnat darstellen soll ..." Achill belohnte Tammos Ironie mit einem seligen Röcheln.

Hinter dem Schaufenster wurden jetzt Stimmen laut, und Tammo sah, wie sich Metzger Klops mit seiner Frau in die Wolle bekam, dass die Schwarte krachte. Beide schrien mit hochroten Gesichtern aufeinander ein, und wenig fehlte, da hätten sie mit Nieren um sich geworfen; Herzen waren gerade eh nicht zur Hand. Tammo sah genau, wie sich die Kiefermuskeln bei Herrn Klops durch die fleischigen Backen drückten und sich sein Stiernacken in sage und schreibe drei Röllchen aufgefaltet hatte. Herrn Klops Hand ruhte auf einem Hackbeil, während Frau Klops huschig und wild gestikulierend hinter der Geflügeltheke auf- und ablief.

Als eine alte Frau von der Straße in die Metzgerei eintrat und die Türglocke schellte, drehten sich die Metzgersleute mitten im Streit um, setzten wie auf Kommando ihr feistestes Lächeln auf und bedienten die Kundin.

Angewidert von dieser angeknipsten Freundlichkeit, drehte Tammo auf der Ferse um. Aus dem Augenwinkel konnte er noch sehen, wie Herr Klops eine Isolierkiste aufnahm und die Metzgerei verließ, um im Kastenwagen davonzubrausen. Und so wie der Mops unterdessen die Augen verdrehte und immer wieder verzweifelt das Bein anwinkelte, schien es allerhöchste Zeit für einen Baum oder Strauch zu sein. Also machten sie sich auf zum Kirchhof, wo auf dem Rasen vor der Kapelle eine uralte Blutbuche stand. Der wollten sie einen Besuch abstatten. Außerdem befand sich ganz in der Nähe die Eisdiele.

Und wenn es sich Tammo recht überlegte, wäre das noch die Krönung dieses Morgens: zwei Eiskugeln, Pistazie und Stracciatella! Das war sein Plan.

Rasch überquerten sie den Markt und bogen auf der gegenüberliegenden Seite in die Kirchgasse ein. Von hier aus war bereits das Türmchen der Kapelle zwischen den Hausfassaden zu erkennen. Nach wenigen Schritten würde sich die Gasse weiten und zur Linken den Vorplatz unter der Blutbuche freigeben. Kurz davor machte Tammo schon die runden Tische des Eiscafés auf dem Pflaster aus und bemerkte, wie ein Kellner im flirrenden Spiel der Platanenschatten die Stühle zurechtrückte. Da lief Tammo zum zweiten Mal an diesem Morgen das Wasser im Mund zusammen. Nur schnell Achill sein Geschäft verrichten lassen, dann ab in die Eisdiele. Doch – weit gefehlt. Gerade als Tammo diesen Gedanken formte, hörte er einen kriegerischen Ruf hinter sich.

„Da vorne ist er!“

Tammo erstarrte. Seine Heiterkeit sank wie Schaum in sich zusammen. Dabei hätte diese Stunde fernab der Schulprobleme so schön ausklingen können. Leider war ihm dieses Glück nicht vergönnt.

„He, Fistel!“

„Warte Froschfresse, wir haben hier immer noch die Würmer! Dein Frosch ist bestimmt schon ganz hungrig!“

Ein Blick über die Schulter überzeugte Tammo davon, dass ihn seine Verfolger schon fast eingeholt hatten. Raulis Gesicht leuchtete hochrot, ganz wie die Gesichter seiner Eltern in der Metzgerei. Für einen Augenblick hatte Tammo fast Mitleid mit ihm. Doch dieser Moment ging schnell vorüber. Geistesgegenwärtig griff er sich Achill und sprintete mit ihm die Gasse hinunter. Sein Kopf arbeitete rasend schnell: Kapelle oder Eisdiele? Und aus Gründen des kürzeren Weges entschied sich Tammo für die Eisdiele als Zufluchtsort. Im letzten Moment riss er die Glastür auf, stürzte in den Vorraum mit der Eistheke und konnte gerade noch die Tür hinter sich schließen. Rauli, Kyrill und Emnat wurden von dem Kellner aufgehalten, als diese hinterherpreschen wollten. Irgendwie schien der nicht sonderlich gut auf die drei zu sprechen zu sein, vielleicht lag es an ihren Pöbeleien oder der Handvoll Regenwürmer. Tammo kam dieser Zwischenfall äußerst gelegen. Mit rasendem Herzen starrte er seinen Feinden genau ins Gesicht. Rauli machte eine unmissverständliche Geste, er fuhr sich mit dem Zeigefinger von links nach rechts über die Kehle. Sie würden warten – auf Tammo und den Mops.

„Kann ich etwas für dich tun, Kleiner?“

Erschrocken fuhr Tammo zusammen und drehte sich um. Der Inhaber der Eisdiele zwinkerte ihm zu.

„Ah, ich meine, kann ich etwas für dich und deinen Mops tun?“

Tammo grinste verlegen.

„Da... – *hik* – darf ich vielleicht mit ihm hier dri... – *hk* – drin bleiben?“

Der Inhaber schien abzuwägen. Sein Blick wanderte zwischen dem Mops mit Hut und der Gang vor dem Fenster hin und her.

„Unter einer Voraussetzung, Kleiner: Du bestellst dir ein Eis. Immerhin ist das hier eine Eis- und keine Mopsdiele!“

Erleichtert nickte Tammo, setzte Achill vor der Auslage ab, bestellte sich ein Hörnchen mit zwei Kugeln und bezahlte. In der Zwischenzeit schnitten Rauli, Kyrill und Emnat Grimassen. Und dann passierte es.

„*Prego,* Kleiner, hier ist dein Ei...“

Weiter kam der Eisdielenbesitzer nicht. Die Worte blieben ihm im Hals stecken. Rauli war aufgesprungen und wies mit seinem Finger in die Eisdiele hinein. Der Kellner vor der Tür schlug die Hände über dem Kopf zusammen. Und Tammo? Nun, Tammo drehte sich wie in Zeitlupe

Eis

zu Achill um, der vor der Auslage in die Hocke gegangen war und einen, für seine Mopsgröße mordsmäßigen Haufen mitten in die Eisdiele gesetzt hatte. Die Stille war entsetzlich. Die Augen aller Anwesenden weiteten sich noch ein Stückchen. Niemand zwinkerte! Apokalyptische Regungslosigkeit! Nur Achill japste erleichtert.

„Scheiße ...", stöhnte Tammo. Das konnte auch nur einem Pechvogel wie ihm passieren. Hilfe suchend blickte er sich zum Inhaber um, doch dieser starrte wie vom Donner gerührt auf den kleinen Hund. An seinem Blick hätte man Parmaschinken schneiden können.

„Das tut mir schre... – *hk* – schrecklich ..."

Tammo wusste nicht mehr aus noch ein, zerrte schließlich wütend an der Hundeleine und fischte drei der hauchdünnen Servietten aus dem Spender auf der Theke, um sich dem Hundehaufen zu nähern.

Vor der Eisdiele war mittlerweile atemloses Kreischen und Lachen zu hören. Doch davon ließ sich Tammo nicht ablenken, hielt den Mops an der Leine, sein Eis in der Linken, um mit der Rechten das Unglück streifenfrei vom Dielenboden zu entfernen. Ohne ein Wort zu verlieren, drückte er sich durch die Tür und erstarrte ein zweites Mal. Rauli hatte sein Fotohandy gezückt und sagte nur: „Bitte recht freundlich, Fistel!“

4. Kapitel

Noch nie in seinem Leben hatte sich Tammo so gedemütigt gefühlt! Was musste das für ein Bild sein? Er mit Hut tragendem Mops, Eis und einer Hand voll Hundekot. Zu seiner Verwunderung waren Rauli und die Gang nicht auf ihn losgestürmt, sondern hatten sich hämisch lachend aus dem Staub gemacht. So blieb Tammo zumindest die Schmach erspart, während des gesamten Rückwegs durch die Stadt die Schadenfreude seiner Klassenkameraden ertragen zu müssen. Und Achill? Der hüpfte um Tammo herum, rieb sich an dessen Bein und kläffte vor lauter Übermut.

Tammo jedoch versank in düsteren Gedanken. So hatte er sich das Gassigehen nicht vorgestellt. So nicht! Was für eine Schande! Wie peinlich! Wie abgrundtief peinlich! Für einen Augenblick überlegte er, nicht mehr zur Schule zurückzugehen; nie mehr zur Schule zurückzukehren! Sollten die ihm doch das Zeugnis nach Hause schicken! Er würde auf einem Amerikadampfer anheuern und den Rest seines Lebens unter Deck Kartoffeln schälen! Oder besser noch, sich zu einer bemannten Marsmission melden, um diesen Planeten der Peinlichkeiten ein für alle Mal hinter sich zu lassen. Alles war ihm egal. Doch dann fiel sein Blick wieder auf Achill, auf diese Ausgeburt des Schreckens, diesen Dämon der Darmflora!

„Alles nu... – *hk* – nur wegen dir!“, zischte Tammo, doch dann musste er sich eingestehen, dass es eigentlich nur wegen Rauli war und wegen seines Schluckaufs und wegen der rosa Hosenaufschläge und wegen der Arbeitslosigkeit seiner Mutter und wegen der Wirtschaftslage und wegen der Globalisierung und ... Ach, diese ganzen „wegen“ schienen gar kein Ende nehmen zu wollen. Ausschließlich und allein dem Mops durfte er die Schuld nicht zuschieben. Achill war nur dem Ruf der Natur gefolgt, zugegeben am ungünstigsten Ort der Welt, aber wenn die Natur rief, dann erreichte sie jeden Mops und zwar überall.

Mit geballten Fäusten, wütend auf die Schöpfung im Allgemeinen und auf Rauli im Besonderen, stapfte Tammo zurück zur Schule. Sein Groll machte ihn fast zu steif, um sich zwischen den Autos zu ducken. Und als er gerade auf die Hecke zuspringen wollte, um dieses unselige Kapitel seines Lebens abzuschließen, tauchten links und rechts von ihm Rauli, Kyrill und Emnat auf. Als wäre das noch nicht genug, hatten sie einen Großteil ihrer Klasse im Schlepptau. Was gab das für ein Hallo! In Windeseile hatte sich ein geifernder Kreis um den hochroten Tammo und Achill gebildet. Mädchen kreischten vor Vergnügen!

„Ein Hund! Pah, ist der hässlich!"

„Und mit Hut, schaut doch einmal seinen Hut! Der Hut!"

„Wie kann man seinem Hund nur einen türkisen Hut aufsetzen?"

„Viel zu hart!“

„Ist das dein Hund, Tammo?“

Das war die Frage, die Tammo den Rest gab. Und eigentlich ist seine Antwort nur dem Umstand zuzuschreiben, dass er wegen Achill wahrlich genug Scherereien hatte. Zerknirscht antwortete er: „Ne... – *hik* – nein, der ist von Memesch ...“ Erst als er den Satz ausgesprochen hatte, fiel ihm brennend ein, dass er damit seinen Schwur gebrochen hatte.

„Der Rektor hat einen Hund mit Hut?“

„Wie krass!“

„Warum hast du den denn an der Leine?“

„Und was ist mit Memesch?“

„Wo warst du eigentlich, Tammo?“

Noch bevor Tammo auf die über ihn hereinstürzenden Fragen eingehen konnte, drängte sich Rauli in den Kreis und stemmte beide Hände in die Seiten.

„Leute, darauf kann ich euch eine fabelhafte Antwort geben! Ich kann sie euch sogar zeigen!“ Rauli zog sein Fotohandy aus der Tasche und schaltete es ein. Diesen Augenblick der allgemeinen Abgelenktheit nutzte Tammo, um sich mit Achill aus dem Staub zu machen. Seinen Geheimgang konnte er getrost abschreiben, denn gerade klingelte es zur Pause. Tammos Kloß im Hals wurde immer größer, man konnte fast schon von einem Klops sprechen. In seinem Rücken prusteten die ersten los, sie hatten vermutlich das Foto zu sehen bekommen und die entsprechende Geschichte dazu gehört. Mit halbem Ohr vernahm er noch die Stimme eines Mädchens: „Was? Hundekacke? Mensch, Rauli, schick mir das mal!“

Niedergeschlagen öffnete Tammo das Hauptportal der Schule und trottete, Achill an seiner Seite, wie das Schaf zur Schlachtbank. Ein Strom an Schülerinnen und Schülern, denen sie begegneten, folgte ihnen bis zum Sekretariat. Sie waren neugierig zu erfahren, was es mit dem Mops auf sich hatte. Tammo ging an den entsetzt blickenden Sekretärinnen vorbei, vorbei auch an den Lehrern, die bereits eine Ermahnung auf den Lippen hatten, und klopfte an der Tür von Cornelius Memesch. Tammo klopfte einmal, er klopfte ein zweites Mal. Dann öffnete sich das Büro, und der Kopf des Rektors erschien im Türspalt.

„Ah, Tammo …“, sagte Herr Memesch und wurde kalkweiß im Gesicht. Er drehte sich um, blickte zum Fenster und wieder zurück auf Tammo und den wedelnden Mops zu seinen Füßen. Eine fürchterliche Erkenntnis dämmerte ihm. Ringsum standen Schüler und das halbe Kollegium. Alle starrten gebannt auf den Rektor der ehrwürdigen Rummelkopf-Schule. Doch bevor dieser reagieren konnte, sprang Achill an ihm hoch, begrüßte ihn überschwänglich und rannte zwischen seinen Beinen hindurch, um unter dem Schreibtisch zu verschwinden. Einen Augenblick später kam er mit einem quietschenden Gummitier im Maul zurück.

„Äh …“, machte Cornelius Memesch, und eine Ader begann unheilvoll auf seiner Stirn zu pulsieren.

„Auf ein Wort, Tammo!“

5. Kapitel

Die Standpauke von Cornelius Memesch hatte über eine halbe Stunde gedauert. So außer Puste hatte er den Rektor noch nie zuvor erlebt. Und dabei war Tammo aufrichtig darum bemüht gewesen, ihm alle Vorkommnisse zu erklären. Am Ende war Herr Memesch jedoch wie ein Häuflein Elend in sich zusammengesunken, und niemand hätte noch unterscheiden können, ob das Winseln von ihm oder von Achill stammte.

„Raus ... geh jetzt ... bitte ...", waren die letzten Worte, mit denen er Tammo entließ. Danach hatte dieser versucht, den Schultag so gut es eben ging zu überleben.

Egal wohin er kam, überall erwarteten Tammo ein breites Grinsen und saublöde Fragen: „Hast du dir auch gut die Hände gewaschen, Fistel? Sag mal, wie dünn sind noch gleich die Servietten in der Eisdiele?"

Aus „Fistel, der Froschfresse" wurde im Handumdrehen der „Mopsmeister“ oder schlicht „die Hand am Hund“. Das Foto von Rauli hatte sich in Windeseile in der ganzen Schule verbreitet. Sogar der Hausmeister und einige Lehrer sahen Tammo komisch an, wenn er an ihnen vorbeiging. Nur Herr Tlön und Dodo machten sich nicht über ihn lustig. Seine Schwester legte sogar ihren Arm um seine Schulter, was sie sonst nie tat. Nach der sechsten Stunde machten sie sich dann auch gemeinsam auf den Nachhauseweg.

„Und da hat sich der Köter tatsächlich direkt in der Eisdiele hingehockt?“, wollte Dodo wissen. Tammo nickte.

„Hat er vorher wenigstens den Hut abgelegt?“

Tammo schüttelte den Kopf und musste darüber fast schon selbst lachen.

„Dann sieh es mal so, Tammo, immerhin hast du heute mit ein bisschen Hundedreck zehn Euro verdient. Ist doch auch nicht schlecht, oder?“

Da fiel Tammo etwas ein, und er knetete sich nachdenklich die Unterlippe.

„Eigentli... – *hik* – eigentlich sollte ich noch fünf Euro bekommen, nachdem ich Achill zurückgebracht habe. Da... – *hk* – das ist dann aber irgendwie untergegangen."

Und nach einer weiteren Pause.

„Glau... – *hk* – glaubst du, ich sollte ihn darauf ansprechen?"

Dodo schüttelte lachend den Kopf.

„Ich glaube, Brüderchen, du solltest heute mit niemandem mehr sprechen! Du bist mittlerweile bekannt wie ein ... wie ein bunter Hund. Und Herr Memesch wird nicht allzu gut auf dich zu sprechen sein. Zumindest für die nächsten dreihundert Jahre. Der gute Mann leidet wahrscheinlich Höllenqualen! Vielleicht muss er jetzt sogar ein Disziplinarverfahren gegen sich selbst einleiten, Tammo! Oder aber er erlaubt allen Lehrern, ihre Hunde mitzubringen! Stell dir das einmal vor, überall Dackel, Doggen, Dalmatiner ..."

Tammo überlegte. „Aber die Pilze!"

„Was ist mit den Pilzen?"

„Na, Frau Me... – *hk* – Memesch hat doch bestellt!“

Dodo strich sich ihre Strähnchen hinters Ohr und pfiff durch die Zähne.

„Hm ... das machen wir schon Tammo, und wenn wir nachher gemeinsam losziehen. Versprochen!“

Nach etlichen Minuten erreichten sie die Kapuzinerstraße, in der ihre Wohnung lag, und spazierten schon wieder besserer Laune den Bordstein entlang. Unvermittelt zuckte Tammo zusammen. Zwei Autos vor ihnen parkte der weiße Kastenwagen der Metzgerei Klops. Augenscheinlich gab es eine Feinkostlieferung in ihrer Nachbarschaft. Am liebsten hätte Tammo gegen die Reifen getreten, doch damit wären seine Probleme auch nicht aus der Welt geschafft. Dennoch gewann in ihm ein neues Gefühl an Gestalt. Er sann auf Rache. Diese ständigen Demütigungen von Rauli und den anderen mussten ein Ende nehmen. Tammo wollte die Schweinchen singen und tanzen lassen! Jawohl, das wollte er. Nur hatte er noch keinen blassen Schimmer, wie er dabei vorgehen sollte. In seine Gedanken vertieft, bemerkte er gar nicht, wie Dodo vor ihm die Tür zum Hausflur aufzog, welche nie abgeschlossen war. Aus der Wohnung von Frau Kümmelfisch, die direkt links vom Flur abging, war Musik zu hören, und der Plastikblumenkranz an der Tür bewegte sich leicht. Dodo und Tammo mochten Frau Kümmelfisch nicht sonderlich. Sie behandelte die Kinder immer wie Luft. Nur wenn sie Helfer brauchte, weil die Mülltonnen auf die Straße gerollt werden sollten, fand sie ein paar Worte für sie.

Plötzlich verspürte Tammo das Bedürfnis, sein Ohr an die Tür zu legen, um zu hören, was in Kümmelfischs Wohnung vor sich ging. Dodo rief ihren Bruder vom Treppenabsatz, aber er legte bloß einen Finger auf die Lippen.

„Jetzt komm, Tammo!“

Zornig winkte er ab, doch dann hörte er

feste Schritte in der Wohnung und eilte seiner Schwester nach. Aus dem Augenwinkel nahmen sie wahr, wie der Türknopf gedreht wurde und die Tür einen Spalt weit aufging. Beide kauerten sich hinter das Geländer, um einen Blick nach unten werfen zu können.

Ein schwerer Herrenschuh erschien im Durchgang, Ferse voran. Dann folgten ein Unterschenkel, ein Oberschenkel und schließlich der Rücken eines bulligen Mannes. Es war allerdings nicht der richtige Rücken. Herr Kümmelfisch sah anders aus und war für einige Tage auf Montage. Dem falschen Rücken folgte Frau Kümmelfisch, die nur einen Morgenmantel trug und sich gerade die Haare aus dem Gesicht strich.

„Dann bis bald, mein Lammschnäuzelchen", raunte der Mann, und Tammo spitzte gewaltig die Ohren, um bloß kein Wort zu verpassen.

„Ich schaue auf einer meiner nächsten Touren wieder vorbei und seh mal nach, was das Röslein so sagt!" Bei diesen Worten bog der Mann mit dem falschen Rücken tatsächlich eine kleine, rote Plastikrose aus dem Türkranz herunter, welche den Kindern noch nie zuvor aufgefallen war. Als sich der Besucher zum Gehen wandte, konnten sie sein Gesicht erkennen. Den Kindern stockte der Atem. Es war niemand anderes als Metzgermeister Klops. Frau Kümmelfisch warf ihm eine Kusshand hinterher, schlang sich den Morgenmantel enger um die Hüfte und verschwand wieder in ihrer Wohnung.

„Der Klops …“, hauchte Dodo und wechselte einen langen Blick mit ihrem Bruder. Die Kinder waren zu perplex, um mehr zu sagen. Leise schlichen sie zu ihrer eigenen Wohnung im ersten Stock und schlossen die Tür auf.

Ihre Mutter war zu Hause. In letzter Zeit war sie immer zu Hause. Dass Feodora Fistel da war, merkte man meist schon im Flur, wo sich gewöhnlich wahre Bücherberge stapelten. Längst schon passten nicht mehr alle Bände in die Regale.

Überall bildeten sich Türme aus wankender, schwankender Weltliteratur. Ihre Mutter hatte es sich zur Angewohnheit gemacht, diese Stapel umzuschichten oder zumindest zu sortieren, wenn sie zu Hause war. An manchen Tagen ordnete sie ein Regal alphabetisch, ein anderes thematisch oder einfach nach den Farben der Buchrücken. Es war wohl ein Überbleibsel ihres Berufs als Bibliothekarin. Überhaupt war Feodoras alter Beruf in allen Belangen des täglichen Lebens zu spüren. Literatur war in der Fistelschen Wohnung nichts für müßige Abendstunden oder ein grün gestrichenes Lesezimmer. Nein, hier gab es *Erich Kästner* zum Rührei und fand sich *Marcel Proust* auf dem WC wieder. Auch schimpfte Feodora Fistel nicht wie normale Mütter, sie benutzte Figuren aus den verschiedensten Büchern. Einmal sagte sie: „Jetzt stell dir doch bitte vor, *König Artus* hätte das auch getan!"

Dann mussten Tammo und Dodo erst einmal Nachforschungen anstellen, wer *König Artus* überhaupt war und was er getan hatte oder besser gesagt, was er nicht getan hatte. Erst dann bekamen sie eine ungefähre Vorstellung davon, wie sauer ihre Mutter wirklich war. Ganz schön kompliziert, könnte man meinen.

Obwohl es im Fistelschen Haushalt sonst an allem mangelte, fanden sich Bücher in Hülle und Fülle. Und ihre Mutter bestand darauf, kein einziges zu verkaufen. Lieber wollte sie höchstpersönlich fasten, wenn das Geld am Ende des Monats knapp wurde.

„Bücher sind Welten!", sagte sie dann. „Wenn ich auf Salami verzichten soll oder auf eine Welt, dann weiß ich aber genau, wofür ich mich entscheide!" Die Bücher waren ihre heiligen Kühe, und von denen durfte keine geschlachtet werden. Erst recht nicht für Salami. In dieser Hinsicht war Feodora ziemlich eigensinnig, doch bemühte sie sich immer darum, es ihren Kindern an nichts fehlen zu lassen. Tammo und Dodo sollten beides haben: Welten *und* Salami.

Als die Kinder an diesem Mittag zu Hause eintrafen, fanden sie ihre Mutter bei einer Tasse Kaffee am Küchentisch sitzen.

Auf dem Herd standen Salzkartoffeln und Spinat, doch der Tisch war noch nicht gedeckt. Scheinbar hatte Feodora gerade die Post hereingeholt, denn ein ganzer Schwung Briefe lag vor ihr. Sie hatte die Kuverts aufgerissen und die Antwortschreiben fein säuberlich vor sich ausgebreitet.

„Fünfzehn!“, sagte sie ohne aufzublicken. „Hört doch mal her! Hier steht: Sehr geehrte Frau Fistel, Bezug nehmend auf Ihre Bewerbung als Bibliothekarin können wir Ihnen heute leider nur mitteilen, dass wir im Augenblick ... Bla ... bla ...!“ Sie ließ den Brief sinken und nahm sich einen anderen vor.

„Hach, es ist zum Verrücktwerden, Kinder! Hier steht das Gleiche, haargenau das Gleiche, nur die Unterschrift ist anders ...“

Tammo ging um den Tisch herum und legte seiner Mutter die Arme um den Hals.

„Fünfzehn?“

Sie nickte stumm.

„Na, ist doch prima Mama, ich habe noch nie soviel Post an einem Tag bekommen!“, entgegnete Dodo und zeigte ihre schönen Zähne. Ihre Mutter verdrehte die Augen, musste dann aber auch schmunzeln. Dodo schaffte es irgendwie immer, selbst der schlimmsten Situation etwas Gutes abzugewinnen.

„Dann setzt euch bitte, solange das Essen noch warm ist.“

„Mama, wa... – *hk* – was hältst du davon, wenn wir heute Abend eine Pi... – *hik* – Pizza bestellen?“ Tammo kramte das Wechselgeld von der Eisdiele aus der Hosentasche und legte seiner Mutter die Münzen in den Schoß.

„Hat mein Geschäftsmann wieder zugeschlagen?“, fragte Feodora gerührt und gab ihrem Sohn einen Kuss auf die Stirn.

„Oh, bevor ich es vergesse, Tammo. Neben der Kaffeemaschine liegen noch zwei Adressen. Die

Leute haben angerufen und wollen wieder Pilze haben! Ich habe alles notiert."

Tammo strahlte.

„Also Pizza!"

Nach einem kurzen Zögern, in dem Feodora einen Blick mit Dodo wechselte, stimmte sie zu.

„Also Pizza. Aber zuerst sagst du mir, Tammo, wie du an das Geld kommst? Du warst doch in der Schule, oder?"

Mit einem Mal verdunkelten sich ihre Augen. Sie duldete es nicht, wenn ihre Kinder im Unterricht unaufmerksam waren. Tammo und Dodo sollten es einmal gut haben und dafür lernen zu arbeiten!

„Oh Mama, da... – *hk* – das ist eine lange Geschichte."

„Eine Geschichte mit Mops!", fiel Dodo ein und zog sich einen Stuhl vom Tisch.

„Mit Mops?" Feodora schob ihre Briefe zusammen und sah Tammo erwartungsvoll über den Rand ihrer Brille an. „Etwa diese kleinen Hunde mit Knautschnase? Was sind die hässlich!

Ich persönlich mag die Tiere nicht, schon allein wegen des Plurals ...“

Umständlich fing Tammo an zu erzählen und wurde nur gelegentlich von seiner Mutter unterbrochen, die einzelne Details genauer erfragte. Zum Schluss schüttelte Feodora den Kopf und lehnte sich mit einem Seufzer in ihren Stuhl zurück.

„Ach Tammo ... Wenn das euer Vater wüsste ...“

Entschuldigend zog er die Schultern hoch.

„Dann hatten wir ja heute allesamt einen richtig tollen Mittwoch, was? Einen Mopsmittwoch ... Ich glaube, du hast recht, den Tag müssen wir mit einer Pizza neutralisieren, aber vorher esst ihr bitte noch zu Mittag. Ich will nicht umsonst am Herd gestanden haben!“ Sie zwinkerte ihnen zu und widmete sich wieder den Absagen.

Tammo nahm sich Salzkartoffeln und Spinat vom Herd und warf einen Blick auf den Adresszettel mit der Pilzbestellung. Dann ging er zum Wasserhahn hinüber und füllte sein Glas. Als er sich mit dem Essen an den Tisch setzen wollte, hellte sich seine Miene mit einem Mal auf. Dodo sah zu ihm hinüber und schob das Kinn vor.

„Was ist, Tammo? Du siehst so ... so erleuchtet aus!“

Er nickte überglücklich. Auf einmal hatte er einen Plan! Wie aus dem Nichts war dieser aufgetaucht. *Plopp* – und schon stand er Tammo in seiner ganzen fantastischen Herrlichkeit vor Augen. Auf einmal wusste er, wie er sich an Rauli, Emnat und Kyrill rächen konnte.

„Ha!“, machte er nur und trank sein Glas in einem Zug aus.

Seine Mutter rückte sich die Brille zurecht und hielt zwei Briefe, die sie übereinandergelegt hatte, gegen das Licht. Die Sätze passten fast genau übereinander. Mit einem Kopfschütteln nippte sie wieder an ihrem Kaffee. In der Zwischenzeit war Tammo erneut zum Wasserhahn gegangen, hatte sein Glas ein zweites Mal gefüllt und ausgetrunken.

„Was um Himmels Willen machst du da?“, fragte Dodo.

„I... – *hk* – ich arbeite an einem Plan.“

Ein drittes und viertes Mal füllte Tammo sein Glas auf und trank es in einem Zug leer. Jetzt wurde auch Feodora auf sein sonderbares Verhalten aufmerksam, beobachtete, wie Tammo ein fünftes Glas Wasser hinunterkippte und sagte dann: „Also für mich sieht das eher aus, als würdest du an einer vollen Blase arbeiten ...“

Tammo zwinkerte beiden zu.

„Na, sa... – *hk* – sag ich doch ...“

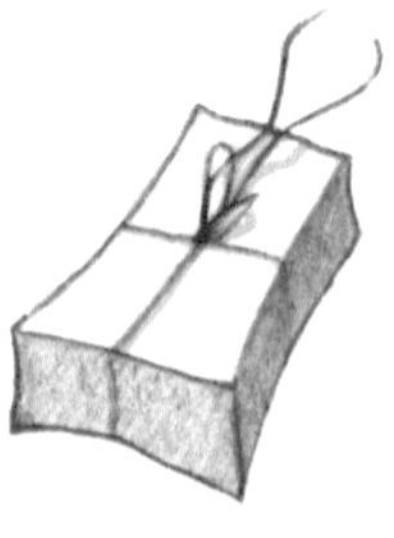

6. Kapitel

Etwas rascher als gewöhnlich lief Tammo die Treppe hinunter und eilte den Korridor entlang. Sein Plan schien aufzugehen. Mit der Schulter drückte er die Tür zum Innenhof auf und sprang die drei Stufen hinunter. Dann zog er den Schlüsselbund zum Kellerraum hervor, den man nur durch einen tief liegenden Zugang von der Hofseite her erreichte. Obwohl sich Tammo ganz darauf konzentrierte, den richtigen Schlüssel zu finden, bemerkte er den Kasslergeruch, der aus Kümmelfischs Küche in den Hof waberte. Kassler mit Sauerkraut. Tammo lief zum dritten Mal an diesem Tag das Wasser im Mund zusammen.

Endlich hatte er den Schlüssel gefunden, öffnete die schwere Holztür und betrat sein Reich. Anfangs, als sie die Wohnung vor knapp drei Jahren bezogen hatten, wollte seine Mutter nichts von diesem Raum wissen. Er war kalt, fensterlos und moderig. Nicht einmal zum Unterstellen der Fahrräder wurde er genutzt. Erst als Tammo anfing, sich mit Herrn Tlön über Pilzkulturen zu unterhalten und von seinem spärlichen Taschengeld erste Sporenpakete kaufte, war der finstere Kellerraum zur wahren Goldgrube geworden. Mittlerweile hatte er auf drei Regalen lange, flache Kästen angebracht, in denen Pilzmyzel wucherte und reihenweise weiße und braune Champignons sprossen. An einer weiteren Stelle lagerten Holzklötze und Strohballen, die ebenfalls mit Sporen beimpft waren und aus denen in herrlichen Farben und Formen Pilze schossen. Stockschwämmchen, Samtfußrüblinge, Austernseitlinge und Shiitakepilze hatte er im Angebot. Mit einem ausgetüftelten Bewässerungssystem hatte Tammo dafür gesorgt, dass er nur noch zum Ernten und Säubern in den Keller zu gehen brauchte. Und das war eine seiner liebsten Beschäftigungen. An der linken Wand stapelten sich Pilzkörbe, in denen er seine Ware auslieferte. Sechs davon nahm er sich jetzt und griff nach einem Messer. Dann ging er die Reihen ab, drehte Pilzköpfe heraus, säuberte sie und stellte eine bunte Mischung für jeden Korb zusammen. Im Anschluss daran wusch er sich die Hände und besah zufrieden sein Werk. Sechs schöne Körbe, drei zu seiner Linken, drei zu seiner Rechten.

Einen Augenblick lang zögerte Tammo noch, dann drehte er sich nach rechts, öffnete seine Hose und pinkelte schwungvoll über die Pilze. Zuerst ein Korb. Dann der zweite Korb. Und gerade, als er sich den dritten vornehmen wollte, schwang die Tür in seinem Rücken auf, und Dodo streckte ihren Kopf herein. Um ein Haar hätte Tammo sich verpinkelt.

„Um Himmels Willen, Tammo! Was machst du denn da? Spinnst du jetzt völlig? Oder meinst du etwa ...?“

Tammo nickte.

„Du meinst, das Pilzepinkeln ist dein Plan?“

„Sa... – *hik* – sag ich doch.“

„Und ich soll jetzt mit dir losziehen, um diese Pipi-Pilze an den Mann zu bringen?“

Tammo lächelte schelmisch. Er war nicht mehr das hilflose Brüderchen mit den rosa Hosenaufschlägen, welches man in Müllkörbe steckte! Nein! Er war Tammo, der Rächer!

„Nee du, da mache ich nicht mit. Was, wenn das alles auffliegt? Wenn die merken, dass du ... na ... Und überhaupt, Tammo, was bist du nur für ein Ferkel!“

„O... – *hk* – och bitte, Dodo! Du musst mir helfen!“ Tammo blickte sie mit großen, schimmernden Augen an, das hatte er sich von Achill abgeschaut. Dodo stand, die Arme vor der Brust verschränkt, genau zwischen den guten und den, nun ja, etwas würzigeren Pilzkörben. Sie neigte den Kopf nach links, sie neigte den Kopf nach rechts.

„Und du kannst mir garantieren, dass nur der Arschklops und seine Kollegen davon essen? Wie willst du denn zum Beispiel verhindern, dass ihre Eltern mitnaschen?“

Auch darüber hatte sich Tammo Gedanken gemacht, war aber zu einem sehr schlüssigen Ergebnis gekommen.

„Mama sagt doch immer: Kinder sind das Pro... – *hk* – Produkt ihrer Erziehung, nicht?"

Dodo nickte ernst.

„Na, da ha... – *hk* – haben wir's doch!"

Jetzt sah sie ihn durchdringend an.

„We... – *hk* – wer hat die denn zu Ärschen erzogen? Na, die Eltern!" Und nach einer Pause, in der er seine Erklärung wirken ließ: „Sollen ruhig auch naschen ..."

Damit konnte Dodo leben und half ihrem Bruder, die Körbe in den Bollerwagen zu laden, den Tammo im Innenhof abgestellt hatte. Sorgsam achteten sie darauf, die markierten Pilze zuunterst zu stellen und mit Zeitungspapier abzudecken. Dann machten sie sich auf den Weg. Sie bollerten durch den Korridor, vorbei an Frau Kümmelfischs Wohnung und hinaus auf die Straße.

Zuerst wollte Tammo die normalen Bestellungen ausliefern und hatte Glück, dass die beiden Adressen, die seine Mutter aufgenommen hatte, gleich in ihrer Nachbarschaft lagen. Mit geschäftstüchtiger Mine klingelte er, überreichte die duftenden Pilzkörbe und kassierte. Neun Euro pro Lieferung und zwei Euro Pfand für die Körbchen. Danach stand Familie Memesch auf seiner Liste, die etwas außerhalb in einer der alten Gründerzeitvillen lebte. Auf dem Weg dorthin begegneten sie zahlreichen Leuten, die sich nach ihnen umdrehten, oder sogar zu tuscheln begannen.

„War das nicht der Junge mit dem Mops in der Eisdiele?", raunten die Leute hinter vorgehaltener Hand.

Endlich erreichten die Geschwister das geschwungene, schmiedeeiserne Tor, das die Einfahrt der Villa verschloss. Klingel und Freisprechanlage befanden sich amüsanterweise in einem gewaltigen Löwenkopf aus Messing. Zum

Klingeln musste man dem Löwen die Nase eindrücken, die Sprechmuschel befand sich in den Tiefen des zähnestarrenden Rachens. Um sicherzugehen, auch wirklich verstanden zu werden, war es ratsam, seinen Kopf ganz in den Rachen hineinzustecken und dann zu sprechen. Tammo klingelte. Nach kurzem Warten krackste es in der Anlage, und eine Frauenstimme meldete sich.

„Ja bitte?"

„Ha... – *hk* – hallo, Frau Memesch, hier ist Tammo. Tammo F... – *hik* – Fistel!"

„Oh."

Der Löwenkopf schwieg einen Herzschlag lang.

„Hallo, Tammo, warte, ich öffne dir."

Ein Summen ertönte, und das elegante Eisentor schwang auf. Tammo und Dodo holperten mit ihrem Bollerwagen die kiesknirschende Einfahrt hinauf und hielten direkt vor der Eingangstür des Hauses. Nun, von einer Eingangstür zu sprechen, traf es ebenso wenig, wie von einem Haus zu sprechen. Häuser besitzen normalerweise keine griechischen Säulen, und Eingangstüren sind normalerweise auch nicht mit Gold beschlagen und so breit, dass man bequem mit einem Nilpferd hindurchgepasst hätte. Aber genau so lebten Memeschs. Dodo stand der Mund offen vor Staunen, denn sie war noch nie hier gewesen. Tammo hingegen griff sich sein Pilzkörbchen und stapfte die Marmorstufen bis zur Tür hinauf. Diese schwang in dem Moment auf, als er den Treppenabsatz erreichte. Frau Memesch trat ihnen entgegen und lächelte. In der Hand hielt sie ein Taschentuch, mit dem sie sich die gerötete Nasenspitze betupfte.

„Hallo, Kinder, entschuldigt bitte, aber ... aber diese Hundehaarallergie ..."

Jetzt hörten sie auch leises Mopskläffen aus den weitläufigen Gemächern.

„I... – *hik* – ist Herr Memesch da?", fragte Tammo verlegen.

Frau Memesch schaute ihn lange an und kniepte dabei die Augen zusammen.

„Ist er, Tammo, ist er. Aber du solltest heute nicht mehr zu ihm. Er ist in einer etwas sonderlichen Laune, mein Lieber. Er sagte mir aber, dass du noch Geld von ihm bekommst ..."

Tammo wechselte einen Blick mit seiner Schwester und reichte dann den Pilzkorb weiter.

„Du ..." Frau Memesch wandt sich vor blaublütiger Verlegenheit. „Entschuldige bitte, mein lieber Tammo, wenn ich so unhöflich bin, dich das zu fragen, aber ... die Hände ... Tammo, du hast dir doch ..."

Tammo zog die Augenbrauen hoch und lachte. „Gewaschen? Aber se... – *hk* – selbstverständlich, Frau Memesch!"

Sie formte ihre Lippen zu einem spitzbübischen Lächeln und nickte nur.

„Gut. Deine Pilze sind nämlich vorzüglich, Tammo. Ich denke, wir werden noch häufiger miteinander Geschäfte machen!" Mit diesen

Worten reichte sie ihm einen leeren Pilzkorb, in dem ein kleines Kuvert lag. Dankbar wandte er sich zum Gehen, hielt dann aber noch einmal inne.

„Frau Memesch?“, begann er zögerlich. „Glauben Sie, dass Herr Memesch no... – *hk* – noch sauer auf mich ist?“

Sie schüttelte den Kopf.

„Herr Memesch weiß doch genauso gut wie du, dass dich keine Schuld trifft, Tammo. Er hat mir deine ...“ Sie errötete am Haaransatz. „Er hat mir deine ganze Geschichte erzählt, und da liegt es doch auf der Hand, dass du ein Spielball des Schicksals warst, nicht wahr? Außerdem ...“ Frau Memesch zog hinter sich die Tür zu und flüsterte dann: „Außerdem hat es sich Herr Memesch selbst zuzuschreiben! Wenn er sich Achill nicht von Isidora hätte aufschwatzen lassen, dann wäre all das nicht pa... pa... pa... ha-ha-tschi!“

Und damit war alles gesagt. Freudestrahlend zogen die Kinder vom Anwesen und winkten noch einmal zum Abschied. Kurz nachdem sie das Tor hinter sich gelassen hatten, erlebte Tammo eine weitere Überraschung. In dem Kuvert befand sich ein nagelneuer Zwanzig-Euro-Schein.

Zu guter Letzt nahmen sie sich die Sonderlieferungen vor. Und diese kamen bei Kyrills und Emnats Eltern ganz reibungslos an. Tammo sagte ihnen, er käme, um ein Versöhnungsgeschenk zu machen. Die Familien nahmen die Pilze mit einer arroganten Selbstverständlichkeit entgegen, die Tammo in seinem Beschluss nur noch bestärkte. Als sie sich dann auf den Weg zur Metzgerei machten, stießen Tammo und Dodo an der Ecke mit einem glatzköpfigen Mann zusammen. Der sah sie nervös an, rückte sich dann seine grausilberne Brille zurecht und eilte ohne ein Wort zu verlieren davon.

Danach betraten sie die Metzgerei Klops, ließen aber den Bollerwagen vor dem Schaufenster stehen. Herr und Frau Klops standen beide hinter der Theke und sahen mit überfreundlichem Lächeln auf, als die Türglocke schellte. Nachdem sie jedoch erkannt hatten, dass nur zwei Kinder den Laden betraten, senkten sich ihre Mundwinkel automatisch.

„Was kann ich für euch tun?“, fragte Herr Klops mürrisch.

„Ni... – *hik* – nichts, Herr Klops. Ich bin Tammo Fistel. Ich gehe mit Rauli in eine Kla... – *hk* – Klasse.“

Jetzt erst nahmen Herr und Frau Klops die Kinder genauer unter die Lupe. Ihre Blicke waren unangenehm. Man hatte immer das Gefühl, sie würden durch die Kleider hindurchgehen, um darunter Schinken, Rippchen und Koteletts ausfindig zu machen. Es waren professionelle Metzgerblicke, mit denen sie alles und jeden ansahen. Tammo und Dodo fröstelten.

„Ach ...“, begann Herr Klops und grinste. „Bist du nicht der Junge aus der Eisdiele? Ha! Rauli sagte so was. Ist doch so? Was?“

Tammo nickte ernst.

„Ja, u... – *hik* – und ich wollte jetzt ein Friedensangebot vorbeibringen. Für Ra... – *hk* – Rauli, von Tammo." Tammo hielt das Körbchen mit Pilzen hoch und schob es über die Fleischtheke.

Frau Klops griff danach und schaute die Pilze durch.

„Als Friedensangebot? Von Tammo? Für Rauli?", fragte sie und kniff dabei ihre Augen zu Blitzschlitzen zusammen. Tammo nickte. Herr Klops sah Tammo immer noch aus seinen tief im Wangenfleisch sitzenden Äuglein an. Seine Finger knackten, als er sich über die Unterarme strich.

„Du bist wirklich der Junge mit dem Mops, was? Mit dem Mops in der Eisdiele, was? Wäre zu gerne dabei gewesen!"

Tammo nickte, bevor er sich zum Gehen umdrehte. Die Türglocke schellte schon, doch auf der Schwelle richtete er noch ein paar Worte an Herrn Klops.

„Die Pi... – *hk* – Pilze einfach nur braten! Ein bi... – *hik* – bisschen Salz, ein bisschen Pfeffer. Vielleicht etwas Kümmel ...“ Tammo beobachtete, wie sich Herrn Klops Gesichtszüge bei diesem Wort veränderten, wie rote Flecken auf seine fleischigen Wangen traten. Dann gab er ihm den Rest.

„Fisch passt auch dazu ...“

7. Kapitel

„Um Himmels Willen, Tammo, du bringst dich noch in Teufels Küche! Oder zumindest in seine Metzgerei! Kümmel ... Fisch – wie konntest du nur?“ Dodo raufte sich die Haare, konnte aber ein bewunderndes Leuchten nicht ganz aus ihrem Blick verbannen. Ihr kleiner Bruder, der Junge mit Schluckauf, der hatte es doch tatsächlich faustdick hinter den Ohren.

„Ich wusste ja gar nicht, dass du so ... so ...“

„... ehrlich bist?“, beendete er ihren Satz und wechselte den Bollerwagen von einer Hand in die andere.

Für eine Weile gingen die Geschwister schweigend nebeneinander her. Jeder für sich ließen sie diesen Tag Revue passieren. Kaum zu glauben, was so ein Mittwoch alles hergab. Vierundzwanzig Stunden, von Schmach bis Rache. Und zu Ende war er immer noch nicht.

„Weißt du, wo... – *hk* – worauf ich mich freue?“

Dodo sah ihn von der Seite her an.

„Auf eine Pizza mit viel Kä... – *hik* – Käse und Ananas und Schinken!"

„Und auf die Ferien?"

„Und auf die Ferien!"

Als sie zu Hause ankamen, sperrten sie schnell den Bollerwagen weg und präsentierten ihrer Mutter den sagenhaften Tagesverdienst. Achtunddreißig Euro. Der größte Teil wurde in einer ausrangierten Kaffeedose verstaut, doch von dem Rest sollte jetzt Pizza bestellt werden. Mit Wonne wählte Tammo die Nummer des Pizzaboten und gab die Bestellung auf. Sie hatten sich für eine *Pizza Hawai* und eine *Pizza Furiosa* entschieden.

Während sie anschließend gemeinsam am Tisch saßen und die saftigen Stücke aus dem Karton lösten, trafen sich immer wieder die Blicke der Geschwister. Unwillkürlich mussten sie dabei kichern. Ob Familie Klops wohl auch gerade zu Abend aß? Feodora, die vor Müdigkeit gähnte, weihten sie jedoch nicht in das Geheimnis des Pilzepinkelns ein. Und das war auch ganz gut so.

Beim Zähneputzen in dem winzigen Bad, welches auf dem Etagenflur lag, hörten sie noch einmal die Haustür gehen und die Stimme von Frau Kümmelfisch im Erdgeschoss. Beide horchten auf. Spät am Abend war Herr Kümmelfisch von der Montage zurückgekehrt. Mit diesem Wissen gingen Tammo und Dodo in ihr gemeinsames Zimmer, lasen jeder noch ein paar Seiten und schliefen dann ein. Tammo träumte:

Er befand sich mitten auf einer Lichtung. Rings um ihn her standen Bäume. Doch nein, es waren keine Bäume. Es waren gewaltige Champignons und Steinpilze und Pfifferlinge, die bis in den Himmel hineinragten. Als sich Tammo in einer Pfütze spiegelte, konnte er sehen, dass er einen kleinen, türkisen Hut trug und ein Cape in derselben Farbe. Zusammen mit Achill, an dessen

Pfote ein Körbchen baumelte, ging er zwischen den Pilzbäumen spazieren. Doch Achill hob nirgends sein Bein, sondern klopfte am ersten Pilz gegen den Stiel. Sogleich öffnete sich eine Luke im Pilz und daraus reichte ihm eine Hand ein Eis mit zwei Kugeln. Die erste schmeckte nach Kümmel, die zweite nach Fisch. Beim nächsten Pilzbaum klopfte Achill wieder gegen den Stiel. Sogleich öffnete sich wieder eine Luke und daraus reichte ihm eine Hand ein Eis mit zwei Kugeln. Die erste schmeckte wieder nach Kümmel, die zweite wieder nach Fisch. Beim dritten Pilzbaum passierte dasselbe. Beim vierten und fünften ebenfalls.

„Halt!“, rief Tammo und hob abwehrend beide Hände. Plötzlich trat ein Mann mit Glatze hinter dem nächsten Pilzbaum hervor und ging auf ihn zu. Der Fremde trug eine Brille mit grausilbernem Gestell. Er sagte kein Wort.

„Was ist mit dem Pfand?“, fragte Tammo, doch der Mann antwortete nicht. Vielmehr be-

gann sich das grausilberne Brillengestell zu bewegen. Es wurde flüssig und breitete sich schließlich in einem glänzenden Film über das ganze Gesicht aus. Die Konturen begannen zu wabern und zu schlingern, bis sich ein gewaltiger Löwenkopf daraus formte. Mit weit aufgerissenem Rachen erstarrte das Metall, und der Mann blieb reglos stehen. Tammo ging ohne zu zögern auf ihn zu und drückte seine Nase. Mit einem Klingeln erwachte er im ...

8. Kapitel

Der nächste Tag, ein Donnerstag, machte Anstalten, alle Hitzerekorde brechen zu wollen. Schon als Tammo im Schlafanzug in die Küche kam, standen ihm kleine Schweißperlen auf der Stirn. Vor dem Küchenfenster spannte sich der Himmel wie ein makelloses Segeltuch, das zu Urlaub und fernen Reisen einlud. Die Luft flirrte bereits zu dieser frühen Stunde über den Dächern. Die Tauben auf der Dachrinne wechselten verzweifelt von einem Fuß auf den anderen, so warm war das Blech. Irgendetwas zog herauf, das spürte Tammo ganz deutlich. Irgendetwas Großes würde an diesem Tag geschehen. Natürlich, Zeugnisse sollte es geben! Aber da war noch etwas anderes. Er hatte dieses Ziehen im Bauch. Hinter dem Blau des Himmels lauerte noch etwas viel Gewaltigeres. Und damit lag er ganz richtig. Dem peinlichsten Tag seines Lebens würde der zweitpeinlichste folgen. Und im Anschluss an diesen erwarteten ihn die ungewöhnlichsten und abenteuerlichsten Wochen. Denn dieser Donnerstag sollte der Tag des schwarzen Briefes werden.

Rasch schmierten sich Tammo und Dodo ihre Pausenbrote, gaben Feodora von beiden Seiten einen Kuss auf die Wange und machten sich auf den Schulweg. Nur noch vier Stunden trennten sie von den Sommerferien. Und die wollte Tammo auch noch überstehen, obwohl er schon auf das Schlimmste gefasst war. Irgendeine Gaunerei hatte sich Raulis Gang bestimmt für ihn ausgedacht. So leicht würden sie den Mopsmeister nicht davonkommen lassen. Als Tammo und Dodo die Treppe hinunterliefen, verengte sich seine Kehle, und der Kloß kehrte zurück. Nichts mehr war von der Leichtigkeit des vergangenen Nachmittags zurückgeblieben. Aber da musste er jetzt durch. Dodo hatte schon die Haustür erreicht und war auf die Straße gesprungen, als Tammo vor der Tür der Kümmelfischs innehielt. Die Haustür fiel klackend ins Schloss, und es herrschte Stille im Flur. Nur eine einzelne Schmeißfliege hatte sich summend ins Treppenhaus verflogen. Was Tammo im nächsten Augenblick antrieb, auf den Türkranz zuzugehen, wusste er selbst nicht genau. Doch bevor er sich versah, reckte er den Arm und bog die kleine, rote Plastikrose nach oben. Danach verließ er das Haus und schloss zu seiner Schwester auf.

„Was hast du denn da drin noch gemacht, Tammo?“

„Ich? Ni... – *hk* – nichts! Nur was zurechtgerückt ...“

Seit dem gestrigen Tag, das merkten die beiden schon nach wenigen Metern, hatte sich etwas ganz Erstaunliches zugetragen. Ja, was die Mobilfunktechnik nicht alles möglich machte! Sie hörten ein junges Paar miteinander reden: „Schau, schau da! Ist das nicht ...“

„Du meinst?“

„Ja, der Junge aus der Eisdiele ...“

Die Geschwister konnten es sich nicht anders erklären, als dass sich Tammos Mops-in-Eisdiele-Foto wie eine Schneelawine verselbstständigt hatte. Von Raulis Handy war es auf fünf weitere gelangt, von jedem der fünf Handys wiederum auf fünf weitere Handys, von jedem dieser fünf Handys auf ... und so weiter und so weiter und so weiter. Auf dem Weg zur Schule wurden sie nämlich das nagende Gefühl nicht los, dass ein jeder, dem sie begegneten, dieses leise, wissende, spöttische Lächeln auf den Lippen trug. Eine Oma, die ihren Dackel Gassi führte, zwinkerte Tammo sogar verschwörerisch zu. Es war ungeheuerlich!

„Tammo, du könntest nicht mehr Aufmerksamkeit auf dich ziehen, wenn du drei Meter groß wärst und vier hellblaue Köpfe hättest! Merkst du eigentlich, dass dich alle anstarren?“

Und ob er das merkte. Dodo konnte es nicht fassen. Wirklich jeder schien Tammo zu kennen, schien von Tammos peinlichstem Erlebnis zu wissen. Mehr noch, jeder schien es in Farbe auf dem Display des eigenen Handys mit sich herumzutragen!

„Das ist doch unglaublich! Was manche Leute für Klimmzüge machen, um bekannt zu werden, Tammo! Und du? Du gehst mit einem Mops ein Eis essen ..., und die ganze Stadt dreht sich nach dir um! Das ist doch verrückt!“

Und verrückt war in der Tat das richtige Wort, um den nachfolgenden Vormittag zu beschreiben. Überall auf dem Schulhof und in den Gängen und Klassenräumen waren Kinder, die auf Tammo zeigten und ihm unschöne Dinge hinterherriefen. Seine neuen Spitznamen nutzten sich dabei prächtig ab. Dodo versuchte alles, ihn zu verteidigen, doch sie konnte nicht überall sein. Wie er die ersten drei Stunden überstand, konnte er nachher gar nicht mehr sagen. Oft war er den Tränen nahe, so sehr ärgerte es ihn, dass alle Welt von seinem Pech wusste. Er wurde zornig und hätte liebend gerne jedem, der ihm blöd kam, einen Pipi-Pilzkorb geliefert. Leider fehlten ihm dazu etwa fünfhundertdreiundsechzig Körbe – von den Pilzen einmal ganz abgesehen.

Was seiner Pechlawine jedoch den endgültigen Schwung verpasste, war, dass alle Kinder seiner Klasse Einweggummihandschuhe trugen, auf ihn zustürzten und ihm mit einstudiertem Knicks die Hand gaben, als er die Klasse betrat. In einer Ecke bemerkte er Rauli, Kyrill und Emnat, die ein boshaftes Lächeln in seine Richtung schickten. In diesem Augenblick wäre Tammo um ein Haar geplatzt. Er hatte die Sätze schon auf der Zunge: „Und was habt ihr drei zu grinsen? Ihr tanzenden Schweinebacken! Ihr habt gestern meine Pipi-Pilze gegessen! Und überhaupt! Ihr seid doch …“

Doch just in diesem Augenblick betrat Jadegunde Lolch, ihre Klassenlehrerin, den Raum und ermahnte zur Ruhe. An die sich anschließende Zeugnisausgabe hatte Tammo später nicht den Hauch einer Erinnerung, obwohl er als Drittbester abschnitt. Kochend saß er auf seinem Platz und sah zu, wie sich draußen Wolkentürme zusammenschoben und es immer drückender wurde. Gewitterstimmung lag in der Luft. Es knisterte förmlich zwischen Tammos rosa Hosenaufschlägen.

Und entladen hätte sich Tammo mit einem gewaltigen Donnerwetter, wenn ihn nach der vierten Stunde nicht Thadäus Tlön beiseite genommen hätte. Irgendwie ahnte sein Biolehrer, dass sich Tammo in noch größere Schwierigkeiten gebracht hätte. Deswegen führte er ihn am Strom johlender Klassenkameraden vorbei in sein Kabuff. Auf dem Weg dorthin murmelte er immer wieder beschwichtigend: „Primaten, Tammo, alles Primaten ...“

Zu Tammos Verblüffung erwartete ihn zwischen den Aquarien Dodo, die mit einer Haarsträhne spielte und sich offensichtlich etwas verloren fühlte. Herr Tlön drückte Tammo auf einen Hocker und schob ein Rollwägelchen herein, auf dem er einen Teller mit belegten Brötchen abgestellt hatte.

„Ich dachte mir, es wäre gut, die beiden Fistels kurz aus dem Trubel herauszunehmen. Sollen sich die Horden doch erst einmal verdünnisieren, nicht wahr?"

Tammo atmete tief durch, noch immer war er den Tränen nahe. Im Licht der Neonröhren wirkte sein Gesicht ganz blass. Dodo sah ihn mitfühlend an und versuchte es mit einem Lächeln.

„Jetzt sind Ferien, kleiner Bruder! Sechs Wochen!"

Tammo nickte matt. Und es dauerte noch einige Minuten und zwei Frikadellenbrötchen, bis Tammo wieder ansprechbar war. Dieser Vormittag hatte ihm mächtig zugesetzt. Am liebsten wäre er nach der Schule direkt nach Hause gerannt, um sich in seinem Zimmer zu verbar-

rikadieren. Doch je länger sie sich unterhielten, desto besser fand er, dass Herr Tlön sie zu sich geholt hatte. Auf diese Weise waren sie dem Tumult entgangen und konnten sich zwischen blubbernden Aquarien und exotischen Fröschen in die Ferne träumen. Nach einer halben Stunde sah Herr Tlön nach, ob die Luft rein war und winkte sie aus dem Versteck hervor. Er ließ es sich nicht einmal ausreden, sein Fahrrad ein Stück des Weges neben ihnen herzuschieben. Tatsächlich verließ er sie erst, als sie ohne Zwischenfall in der Kapuzinerstraße angelangt waren. Der Himmel hatte sich mittlerweile mit schwarzen Gewitterwolken zugezogen, es war düster geworden. Jeden Augenblick konnte sich die unerträgliche Spannung entladen. Mit einem Blick in die Wolken schob Herr Tlön seine Brille auf dem Nasenrücken zurecht, schnaufte durch seinen Schnauzbart und verabschiedete sich.

„Das ist echt einer von den Guten ...“, raunte Dodo und stieß Tammo in die Seite. „Jetzt verstehe ich, dass du so häufig mit ihm zusammenhockst.“

Tammo sah der schmächtigen Gestalt nach und nickte. Nach Reden war ihm gerade nicht zumute. In diesem Augenblick zuckte ein erster Blitz direkt über der Stadt empor, es donnerte und Platzregen setzte ein. Riesige Tropfen prasselten auf das Pflaster. Im Nu waren sie pitschnass. Glücklicherweise war ihr Haus nur noch ein paar Meter entfernt, und sie rannten los. Plötzlich krachte es unmittelbar vor ihnen. Aber, es war kein Donner! Eine Haustür war mit voller Wucht aufgerissen worden und gegen die Mauer geknallt. Ihre Haustür! Ihre Mauer! Halb sprang, halb stolperte ein schwerer Mann aus dem Eingang und drehte sich mit hochrotem Kopf um. Es war Metzgermeister Klops, der wild schnaufend dastand. Sein gewaltiger Brustkorb hob und senkte sich. Es schien, als würden die Regentropfen sofort von seinem Nacken und seinen Unterarmen verdunsten. Einen Augenblick später erschien Herr Kümmelfisch in der Tür und schleuderte dem Metzger ein Paket Würstchen vor die Füße.

„Oh ... oh ...“, machte Tammo. Das war alles, was er sagte.

„Tammo?“ Dodos Stimme flüsterte jetzt ganz nah an seinem Ohr. „Sag mir, dass du damit nichts zu tun hast!“

Doch bevor Tammo antworten konnte, waren sie von den beiden Männern bemerkt worden. Wie auf ein geheimes Zeichen hin lockerten diese ihre Fäuste und ließen die Kinder vorbei. Denn der Regen hatte alle bis auf die Haut durchnässt. Als Tammo an Herrn Klops vorbeihuschen wollte, spürte er, wie sich eine Hand mit eisernem Griff um seinen Oberarm legte. Zitternd drehte er sich um und sah in das Gesicht des Metzgers. Regentropfen rannen dessen Stirn hinab, die Augenbrauen zuckten. Tammos Herz machte einen Satz. Die Hand schloss sich noch etwas fester um seinen Arm. Auf einmal ging alles wie in Zeitlupe. Tammo sah die Adern am Hals des Metzgers anschwellen, sah wie sich der riesige Körper unter den Atemzügen hob und senkte. Er sah sogar, wie sich die tief im Wangenfleisch eingebetteten Äuglein im Erkennen weiteten. Dann öffnete Herr Klops den Mund und sagte: „War'n nicht schlecht, deine Pilze!"

9. Kapitel

Auf dem Weg durch das Treppenhaus hinterließen sie überall feuchte Fußstapfen. Und wenn Frau Kümmelfisch nicht damit beschäftigt gewesen wäre, sich die Hände auf den Mund zu pressen, hätte sie ihnen mit Sicherheit hinterhergeschimpft. Tammo sah noch immer atemlos auf den Türkranz mit der kleinen, roten Plastikrose. Frau Kümmelfisch durchzuckte es bei seinem Anblick. Ganz langsam wanderten ihre Augen von der hoch gebogenen Rose zu Tammo und wieder zurück.

Jetzt wurde es ungemütlich. Ohne noch einmal zurückzublicken, stolperte Tammo die Stufen hinauf und verriegelte die Wohnungstür hinter sich. Ächzend lehnte er sich gegen das Holz und blickte sich gehetzt im Flur um.

„Wi... – *hik* – wir müssen weg von hier!"

Von links streckte seine Mutter den Kopf durch die Küchentür und winkte ihm zu.

„Hast du was gesagt?“

„Mama, wir müssen hier verschwinden! So... – *hk* – sofort!“

Nun erschien auch Dodos Kopf von rechts in der Tür des Kinderzimmers.

„Also hattest du doch etwas damit zu tun!“

„Tammo? Dodo?“ Ihre Mutter zog die Brauen zusammen und winkte sie zu sich heran.

„Was geht hier vor?“

„Tammo konnte es nicht lassen, er war wieder einmal ...“

„... ehrlich! I... – *hk* – ich war nur ehrlich!“

„Du hast dich in Sachen eingemischt, die dich nichts angehen!“, entgegnete Dodo.

„Was für Sachen?“

„Ach, Sachen halt, du weißt schon, Mama ...“

„Nichts weiß ich, Dodo! In was für Sachen hast du dich eingemischt, Tammo?“

Tammo blickte auf seine Zehen und druckste vor sich hin.

„Ich kann dich nicht verstehen!“

„In Tü... – *hik* – Türkränze und Plastikrosen ...“

„Oh, dass dir die Worte im Mund zerfallen wie *Lord Chandos*!“, fluchte Feodora. „In was für Sachen hast du dich eingemischt? Klartext jetzt!“

Endlich begann Tammo zu erzählen, stockend zwar, aber er ließ so gut wie nichts aus. Er berichtete von ihrer gestrigen Entdeckung, dass Metzgermeister Klops Frau Kümmelfisch besuchte und wie er sie besuchte. Und von der kleinen, roten Plastikrose berichtete er auch. Tja, und diese hatte er heute Morgen wieder nach oben gebogen, mehr war eigentlich nicht vorgefallen.

„Du hast ...“ Feodora stockte der Atem. Ganz allmählich bekam sie ein Gefühl dafür, was für eine dramatische Szene sich im Erdgeschoss abgespielt haben musste. Ihre Nüstern weiteten sich. Das war ja ein ganz prächtiges Motiv der Weltliteratur, und es hatte sich hier bei ihnen im Hausflur abgespielt! Und so hochpoetisch! Ihr verschlug es die Sprache.

„Ihr meint … die Plastikrose war …“

„Na klar, der Geheimcode, Mama!“, Dodo zwinkerte. „Rose hoch: Luft ist rein, und Klops wird munter …“

Tammo kicherte.

„Also, Dodo, so etwas … Und das aus deinem Mund!“

„Aber ist doch so …“

„Und wie ging es weiter?“

„Gerade als wir ankamen, sprang uns der Klops vor die Füße und hinterher Herr Kümmelfisch. Die haben sich vielleicht angesehen, Mama! Angesehen haben die sich wie zwei brünstige Brontosaurier! Doch bevor die sich die Köpfe einschlagen konnten, sind wir zwischen ihnen durch.“

„Ganz genau! Und Frau Kümmelfisch hat mi… – *hk* – mich angeschaut und irgendwie plötzlich gewusst, dass nur i… – *hik* – ich das mit der Rose gewesen sein konnte!“

Dodo und Feodora blickten Tammo an. Schweigend standen sie da, und die Wasserlache rings um Tammos Füße wurde immer größer. Sie überlegten fieberhaft, während es draußen donnerte und blitzte und wie aus Eimern goss.

Plötzlich klingelte es an der Wohnungstür. Nicht unten, in sicherer Entfernung an der Haustür. Nein! Direkt an ihrer Wohnung im Treppenhaus! Tammo machte einen Satz und versteckte sich hinter seiner Schwester.

„Ruhig Blut! Immer mit der Ruhe!"

„Aber, Mama, wenn das der Klops ist!"

„Der guckt immer so ko... – *hik* – komisch!"

„Ja, Mama, so richtig wie ein ..." Ein Donner rollte direkt über das Haus und Dodos Satz hinweg. „... wie ein Metzger ..."

„Verstecken können wir uns nicht, oder? Unter dem Bett vielleicht ..."

„Wir müssen aber die Tür öffnen, Kinder! Wie sieht das denn sonst aus?"

„Aber, Mama, der macht do... – *hk* – doch Hackfleisch aus uns ..." Dodo legte ihren Arm um den zitternden Tammo.

Dann klingelte es ein zweites Mal, diesmal folgte ein Klopfen an der Tür.

„Hallo?“ Eine Männerstimme meldete sich von draußen. „Hallo, Familie Fistel?“ Es war weder Klops noch Kümmelfisch. „Ich möchte nicht aufdringlich klingen, aber ich konnte hier draußen jedes einzelne Wort verstehen, wissen Sie? Wer auch immer dieser Klops ist, der wie ein Metzger guckt, ich bin es nicht, das kann ich Ihnen versichern. Brief und Siegel gebe ich Ihnen darauf! Und: Ich bitte Sie! Unter dem Bett verstecken? Also wirklich, das ist doch der erste Ort, wo man nachschaut – egal, ob man aus jemandem Hackfleisch machen will oder nicht!“ Jetzt schwieg die Stimme wieder.

„Wo... – *hik* – wollen Sie denn Ha... – *hk* – Hackfleisch aus uns machen?“, fragte Tammo und wagte sich ein Stückchen vor. Die Männerstimme lachte.

„Natürlich nicht! Ich bin Kurier und habe einen Eilbrief für Familie Fistel.“

Nun schwappte eine Welle des Erstaunens über die drei und brandete gegen die verschlossene Tür. Behutsam, wie um den Zauber nicht zu stören, schlich Feodora auf den Sprecher zu, drehte langsam den Schlüssel im Schloss, stemmte aber vorsorglich einen Fuß als Stopper gegen das Holz.

„Einen was?“

„Einen Eilbrief für Feodora, Dodo und Tammo Fistel. Die wohnen doch hier, oder nicht?“

Einen Spalt weit wagten sie, die Tür zu öffnen. Und tatsächlich, vor ihnen stand ein junger Mann mit tropfendem Fahrradhelm und eng anliegenden Hosen. Er hatte eine Tasche vor sich abgestellt und balancierte einen altmodischen Quittierblock in der Armbeuge.

„Sie müssten nur hier unterzeichnen.“ Er lächelte und reichte Feodora einen Kugelschreiber.

„Einen Eilbrief?“

Er nickte.

„Und von wem?“

Der Kurier kramte in seinen Unterlagen und schüttelte den Kopf.

„Keine Angaben. Der Absender wollte wohl anonym bleiben, aber vielleicht schauen Sie einmal auf den Brief.“ Damit überreichte er Feodora ein makellos schwarzes Kuvert und verabschiedete sich.

Und da lag er in ihren Händen, der schwarze Brief. Etwas Unheimliches ging von ihm aus, wie von dem Eingang einer verbotenen Höhle im Wald. Feodoras Finger zitterten leicht. Irgendwie spürten alle sofort, dass es mit diesem Brief Außergewöhnliches auf sich hatte. Einen Absender gab es nicht. Und, wenn Feodora ehrlich sein sollte, dann konnte man die Empfängeradresse auch nicht lesen. Sie schien nahezu unsichtbar. Erst, als sie mit dem Brief in die Küche trat und ihn unter der Lampe begutachtete, tauchte aus dem weichen Papier so etwas wie Prägeschrift auf: schwarz auf schwarzem Grund waren dort ihre drei Namen zu lesen. Mehr nicht.

Schweigend setzte sie sich an den Küchentisch. Feodora hielt die Luft an, als sie den Umschlag längs der Klebekante öffnete, um das feine Papier nicht zu verletzen. Der Brief knisterte. Und wie ein seltener, faustgroßer Nachtschwärmer, der seinen Kokon verlässt, entfaltete sich der Bogen vor ihren Augen. Atemlos lasen sie:

Sehr geehrte Feodora Fistel,
liebe Dodo, lieber Tammo,

es ist kein Werk des Zufalls, dass ihr meinen Brief ausgerechnet in dieser Stunde, in diesem eigenartigen Moment eures Lebens erhaltet. Seit langem ruht mein Blick wohlwollend auf eurer Familie. Aus sicherer Quelle weiß ich, dass ihr vertrauenswürdig seid. Und vertrauen muss ich euch ebenso wie ihr mir, solltet ihr euch dazu entscheiden, meinen Vorschlag anzunehmen.

Im Grunde genommen handelt es sich dabei um einen einfachen Botengang. Für den Augenblick sollte es reichen, anzumerken, dass euch der Botengang nach Schweden führen würde. Ich weiß, dass euch zahllose Umstände zur Flucht aus der Stadt drängen. Diese sind, so ehrlich will ich mit euch sein, auch ein Grund dafür, dass ihr ausgewählt wurdet. Solltet ihr euch für meinen Auftrag entscheiden, würde euch in unten angeführter Lokalität ein Päckchen übergeben werden mit genauer Destination und weiteren Angaben.

Alle Eventualitäten wurden bedacht, sämtliche Reisemittel werden natürlich gestellt. Für eine Entschädigung ist in großzügiger Weise Sorge getragen, immerhin müsstet ihr mir drei Wochen eures Lebens zur Verfügung stellen. Drei Wochen, von heute an. Der Inhalt des Päckchens hat euch nicht weiter zu interessieren, aber auch nicht zu beunruhigen. Niemals würde ich Boten in eine Unternehmung einbinden, welche die Pfade der Legalität verlässt. Ganz im Gegenteil, euer Botengang würde der Gerechtigkeit zuarbeiten. Mehr darf ich aus Gründen der Geheimhaltung jedoch nicht verlauten lassen.

Unter keinen Umständen darf das Päckchen geöffnet und schon gar nicht verloren werden! In diesem Punkt brauche ich euer Vertrauen in mein Wort, obwohl ihr mich nicht kennt. Entscheidet euch rasch. Um 16.00 Uhr erwartet euch eine Kontaktperson im Café Dornseidel. Ein Tisch wird euch angewiesen. In der Hoffnung auf euer Erscheinen und euren Willen zur Zusammenarbeit verbleibe ich hochachtungsvoll,

Bogumil

Tammo und Dodo stand der Mund offen. Sie hatten ihrer Mutter über die Schulter gesehen, als diese den Brief laut, aber mit bebender Stimme, vorgelesen hatte. Was für ein eigenartiger Brief! Und wer um Himmels Willen war dieser

Bogumil? Bogumil! So ein komischer Name! Und dann dieser Botengang! Zweifel regten sich in ihnen, ob es bei dieser Angelegenheit mit rechten Dingen zuging.

„Bogumil ...", raunte Feodora und strich über die letzte Zeile. Sie fühlte sich plötzlich mitten in die Handlung eines Abenteuerromans hineinversetzt. Jahrzehntelang hatte sie Bücher gelesen, nun sollte sie mit den Kindern selbst Teil einer sagenhaften Geschichte werden! Angefangen hatte es mit dem Drama im Treppenhaus und nun dieser Schwarzbrief. Feodoras Augen glänzten, insgeheim hatte sie immer auf so etwas gehofft!

„Bogumil ..."

„Was denkst du, Mama?", fragte Dodo.

„Ja – *hk* – ja, was denkst du?"

Nur kurz löste sich Feodoras Blick von der Handschrift, um in die großen Augen ihrer Kinder zu blicken. Der Brief klang geheimnisvoll. Und jedes Geheimnis barg in sich eine Gefahr. Sie lächelte zögerlich. Deutlich war Dodo und

Tammo die Spannung anzumerken. Sie wagten kaum zu hoffen. „Schweden!“, dachten sie. „Ein Päckchen!“, dachten sie. „Bogumils Boten!“, dachten sie. Ihre Hände krampften sich um die Stuhllehne.

„Ich denke ...“, begann Feodora und holte tief Luft. „Ich denke, ich weiß, wo das *Café Dornseidel* ist. Und bis 16 Uhr bleibt uns gerade einmal eine Stunde!“

Die Kinder jubelten! Raus aus Haus, Stadt und Enge! Eine Reise! Eine weite, abenteuerliche Reise! Nach Schweden! Es ging nach Schweden!

„Aber ...“ Feodora kratzte sich an der Schläfe, sodass die Ausgelassenheit sofort einen Dämpfer erhielt. „Aber Kinder, was soll ich bloß anziehen?“

„Anziehen, Mama? Anziehen? Das ist doch egal! Wir müssen los! Gleich los!“

Nun hüpften die drei um den Küchentisch herum und jubelten. Die Zweifel waren wie fortgeblasen.

Aus dem Augenwinkel bemerkten sie, wie sich das Briefpapier plötzlich veränderte. Im Licht der Lampe begannen sich die Ränder zu wellen. Dann wurde der Bogen gräulich, vergilbte im Bruchteil einer Sekunde und erschien ihnen mit einem Mal brüchig, geradezu rissig. Bogumils Handschrift verblasste im gleichen Maße, war kaum noch zu entziffern, löschte sich Wort für Wort selbst aus. Mit entsetzter Mine griff Feodora nach dem Dokument, doch der Brief zerfiel zwischen ihren Fingern zu einem Häuflein kalter, puderiger Asche.

„*Cool* ...“, hauchte Dodo.

„Wird ja immer schöner!“

Nun waren sie nicht mehr zu halten. Tammo holte seine Kaffeedose mit dem Ersparten und schüttelte eine Handvoll Euromünzen heraus.

„Zu... – *hk* – zur Tarnung! Wir müssen im Café doch etwas trinken! Fällt doch so... – *hk* – sonst auf!“

Dodo durchkramte mit ihrer Mutter den Kleiderschrank, und gemeinsam suchten sie etwas Passendes heraus. Feodora betrachtete sich gerade im Wandspiegel, als Dodo meinte: „Siehst du Mama, jetzt könnten wir ein paar Möpse gebrauchen!“

Feodora schoss ihr einen vernichtenden Blick über den Spiegel zu.

„Na, ein Rudel Wachmöpse meine ich! Wie Achill! Wer weiß schon, ob der Typ im Café ganz koscher ist?“

10. Kapitel

Auf Zehenspitzen schlichen sie die Treppe runter und hielten dabei die Luft an. Jetzt nur keinen Fehler begehen! Doch nichts war zu hören, selbst bei Kümmelfischs herrschte Stille. Rasch am Türkranz vorbei und aus dem Haus. Aufkommender Wind hatte die Wolkendecke angehoben und in kleine Klumpenwolken zersprengt. Kühle Luft strömte in ihre Lungen. Das Gewitter schien allen Unrat fortgespült und eine glänzend dampfende Pflasterstraße zurückgelassen zu haben. So kurz nach dem Wolkenbruch waren Fistels unter den Ersten, die sich wieder auf die Straße trauten. Gelegentlich begegneten sie jemandem, der sich aus einem Hauseingang löste, wo er Unterschlupf gesucht hatte. Endlich brach sich die Sonne Bahn und trocknete im Handumdrehen selbst die dunkelsten Winkel der Stadt auf. Auf dem Weg zum *Café Dornseidel* mieden Fistels vorsorglich, der Metzgerei Klops zu nahe zu kommen und erreichten ihr Ziel unbehelligt. Das Café war eine der ersten Adressen der Stadt, berühmt für seine belegten Kuchenböden und mehrstöckigen Torten. Direkt am Markt war es gelegen, in einem der uralten Fachwerkhäuser, für die Tammos und Dodos Mutter so schwärmte. Feodora warf einen Blick auf die Uhr. Es war drei Minuten vor vier. Immer noch unschlüssig standen sie vor der dekorierten Auslage, durch welche man ins Innere des Kaffeehauses spinksen konnte. Tammos Blick glitt über schimmernde Marzipantorten, Schwarzwälder Kirschtorten, Sahne-Schokoladentorten, Prinzregententorten, Käsecremetorten, Wiener Apfelstrudel und Haselnusskränze, dass ihm Augen- und Mundwinkel ganz wässrig wurden. Hinter der Tortenvitrine erstreckte sich das eigentliche Café, welches durch zahllose gerahmte Spiegel auf den rotseidenen Tapeten wie aus einer anderen Welt erschien. Noch nie hatte es Familie Fistel hierher verschlagen. So weit sie sich zurückerinnern konnten, war das Geld immer zu knapp gewesen. Entsprechend pikierte Blicke warfen die vornehmen Herrschaften in ihre Richtung, als die drei das Café betraten. Dodo staunte über die glänzenden Marmortische, die weichen, tiefen Polster der Sessel und Sofas. Eine Frau mit ziemlich stark hängenden Gesichtspartien kam auf sie zu und fragte nach ihren Wünschen.

„Fistel“, raunte Feodora und zwinkerte der Frau zu, beinahe hätte sie vor Aufregung gekichert. „Wir werden erwartet!“

„Oh! Einen Augenblick bitte, ich will sehen, welchen Tisch wir da vorgemerkt haben.“ Und schon entschwebte sie. Nicht einmal Zeit sich gegenseitig anzustupsen hatten die drei, da kam die Serviererin bereits zurück und lud sie mit einer Geste ein.

„Wenn die Herrschaften mir folgen wollen ...“

Vorbei an den abgespreizten, kleinen Fingern kleiner Damen wurden sie in den hinteren Bereich des Cafés geführt, in dem eine Reihe von Nischen bevorzugten Gästen vorbehalten war.

„Bitte hier Platz zu nehmen." Obwohl das Gesicht der Frau noch immer mit der Schwerkraft zu kämpfen hatte, bemühte sie sich darum, zumindest ihre Mundwinkel anzuheben.

„Die Karten." Damit legte sie Feodora, Dodo und Tammo jeweils eine Karte vor und verschwand wiederum lautlos.

„Meine He... – *hik* – Herren, die kommen hier ja um vo... – *hk* – vor Vornehmheit!"

Tammo sah grimmig auf die gut betuchte Gesellschaft.

„Schaut einmal unauffällig, Kinder. Wer meint ihr, könnte unsere Kontaktperson sein?"

Das Gute an der Nische und den vielen Wandspiegeln war, dass sie von ihrem Platz aus beinahe das ganze Café überblicken konnten. Dezente Musik drang an ihre Ohren, etwas Klassisches mit Streichern. Gespräche wurden leise geführt, nur manchmal hörte man das Rühren eines Silberlöffelchens in einer Mokkatasse oder das Klirren einer Kuchengabel am Tellerrand. Doch niemand in ihrer Umgebung wirkte besonders auffällig oder besser gesagt: besonders unauffällig. Da war ein Mann mit weißem Haar, der in einer Zeitung blätterte. Da waren zwei Damen, die wie Bonbons gekleidet waren, die eine pink, die andere eisblau. Da war ein junger Mann mit fein ausrasierten Koteletten, der sich Notizen machte. Und ganz am Ende des Cafés gab es einen oder zwei Tische, die sie nicht einsehen konnten. Tammo zuckte die Schultern.

„Keine Ahnung ...", gab Dodo ebenfalls zu und blätterte in der Karte. Vor Überraschung stieß sie einen Pfiff aus und tippte Feodora unter dem Tisch an.

„Wieviel Geld haben wir denn dabei, Mama?", raunte sie. Und dann warfen alle einen Blick auf die Preise und beschlossen kurzerhand, dass ein Glas Wasser zur Tarnung reichen musste. Sie hatten schon ein ganz flaues Gefühl im Magen, als sie die Serviererin in ihre Richtung kommen sahen. Diese trug ein großes Tablett und trat direkt an ihren Tisch.

„Familie Fistel, ein Gast wollte es sich nicht nehmen lassen, Sie zu einem Stück Champagnertorte und Getränken einzuladen.“

Fistels starrten auf drei gewaltige Stücke schaumig leichter Torte mit Schokoladensplittern. Dann schob die Serviererin den Kindern jeweils einen riesigen Becher Schokolade und Feodora einen Milchkaffee vor die Finger und verschwand wieder.

„Kinder ...“ Feodora schüttelte beschämt den Kopf und rückte ihre Brille zurecht. „Kinder, erinnert mich daran, dass ich Bogumil einen Heiratsantrag mache, sobald er uns begegnet!“

Dodo und Tammo lachten. Dann machten sie sich über die Torte her. Seit den Brötchen bei Herrn Tlön hatten sie nichts mehr gegessen und mit entsprechendem Heißhunger legten sie los. Als Feodora den Kaffee süßen wollte, stockte ihre Hand mitten in der Bewegung, und die Finger begannen zu zittern. Unter das Zuckertütchen war ein Zettel geklemmt. Behutsam zog sie ihn hervor, entfaltete ihn und las drei mit Schreibmaschine getippte Wörter:

```
Unter dem Sofa
```

Sie zeigte den Kindern den Zettel und schaute sich um. Doch noch immer fiel ihr kein Gast auf. Ohne eine Miene zu verziehen, versuchte sie mit ihrer Hand die Unterseite des Sofas abzutasten. Dabei stieß sie, gut versteckt, auf etwas Knisterndes und zuckte zurück.

„Dodo ... Tammo! Da ist etwas unter dem Sofa, eine Tüte, glaube ich."

Sogleich tauchte Tammo ab und erschien einen Augenblick später mit einer braunen Papiertüte, in der zwei Dinge lagen. Zuoberst fanden sie einen taubeneigrauen Umschlag mit taubeneigrauer Prägeschrift, in der ihre drei Namen zu lesen waren. Darunter lag das Päckchen. Es war nicht klein und auch nicht groß. Es hatte die Form eines Buches, vielleicht auch eines Kästchens. Tammo schüttelte und bog es, doch nichts war zu hören. In Packpapier war es eingeschlagen und mit Papiermanschetten versiegelt. Die Versuchung war groß, eine davon zu lösen und nur einen kurzen Blick hineinzuwerfen. Doch dann sahen sie wieder Bogumils Worte vor sich: Vertrauen! Das Päckchen darf unter keinen Umständen geöffnet werden! Feodora nahm den taubeneigrauen Umschlag an sich und atmete tief durch.

„Seid ihr bereit?“

Die Kinder nickten. Dann öffnete sie ihn wie zuvor in der Küche den schwarzen Umschlag und entfaltete das zarte, sonderbare Papier. In ihre Nische zurückgezogen lasen sie gemeinsam:

Sehr geehrte Feodora Fistel,
liebe Dodo, lieber Tammo,

dass ihr diese Zeilen lest, beweist mir, dass ihr euch für die geheime Unternehmung entschieden habt. Dies freut mich sehr! Das Päckchen ist auf euch übergegangen. Ihr habt es nicht geöffnet. Belasst es dabei.

Die meisten eurer Fragen werden mit der Zeit beantwortet werden. Doch nicht jetzt.

Zu eurem Auftrag: Ihr müsst noch heute Nacht Richtung Kiel aufbrechen. Dort ist eine Fähre für euch gebucht, die euch nach Schweden bringen wird. Das Auto wird in diesem Augenblick vor eurer Wohnung abgestellt. Kartenmaterial, Schlüssel, Geld und weitere Instruktionen warten ebenfalls zu Hause auf euch. Das Aufteilen von Information ist keinesfalls Schikane, es geschieht nur zu eurer Sicherheit.

Von nun an gilt: Oberste Priorität ist die Geheimhaltung. Verhaltet euch, als wärt ihr auf dem Weg in den Urlaub. Tut niemals so, als befändet ihr euch auf einem Botengang! Seid wachsam. Keine unnötigen Gespräche. Erwähnt niemandem gegenüber das Päckchen, sagt niemandem meinen Namen. Dies gilt für das Café, für die Stadt, die Fahrt, die Fähre – für jeden Augenblick innerhalb der nächsten drei Wochen.

Ich existiere nicht. Mein Name löst sich für euch auf wie meine Briefe. Denkt immer daran! Oberste Priorität ist die Geheimhaltung! Und lasst niemals das Päckchen unbeaufsichtigt. Wo ist es jetzt? Gut. Alles Weitere im nächsten Brief.

Ich hoffe, die Champagnertorte hat gemundet. Hochachtungsvoll,

Bogumil

Und wie beim ersten Brief sahen sie etwa nach einer Minute, wie sich der Briefbogen zu verändern begann. Er schien flammenlos zu verbrennen, bis nur noch ein Häuflein feiner, puderiger

Asche zwischen Feodoras Händen an Bogumils Botschaft erinnerte. Sorgfältig wischte sie diese in den Aschenbecher und rieb sich die Finger sauber.

„Heu... – *hk* – heute Nacht ...", murmelte Tammo wie in Trance.

„Kiel ...", raunte Dodo und spürte, wie sie Gänsehaut auf den Unterarmen bekam.

„Oberste Priorität ist die Geheimhaltung ..."

Wie die Teilhaber einer Verschwörung fühlten sich Fistels, irgendwie wichtig. Feodora dachte nach: Was für ein Gefühl! War es nicht erst gestern gewesen, dass sie unzählige Absagen geöffnet hatte? Und heute? Heute erhielt sie sich selbst auflösende Briefe von Bogumil, war mit ihren Kindern Botin geworden. Und Tammo? Hatte er nicht erst gestern den peinlichsten Tag seines Lebens durchleiden müssen? Und heute? Ein geheimnisvolles Päckchen lag auf dem Sofa und sollte von ihnen nach Schweden gebracht werden. Hoch in den Norden! Doch in der ganzen Aufregung spürte Feodora noch etwas anderes, eine schleichende Bedrohung. Unwirsch schob sie dieses Gefühl beiseite und lächelte wieder.

„Heute Nacht ...“, sagte sie.

Dann legten sie sorgfältig Päckchen, Zettel und Briefumschlag zurück in die Tüte, tranken aus und standen auf. Einen letzten Blick ließen sie über die Gäste gleiten, um sich endlich vom *Café Dornseidel* zu verabschieden. Auf dem Weg zur Tür wurden sie noch einmal kurz von der Dame im eisblauen Kostüm aufgehalten. Sie spitzte die Lippen, richtete sich in ihrem Sessel kerzengerade auf und fragte Tammo: „Junger Mann, wo ist denn heute dein Mops?“

11. Kapitel

Eine neue Epoche hatte begonnen! Die Mopszeit gehörte für Tammo ein für alle Mal der Vergangenheit an. Auf dem Weg durch die nachmittägliche Stadt, vorbei an dem Erdferkel auf der Kugel, überlegten sie, was noch alles erledigt werden musste. Ihre Reisepässe mussten sie heraussuchen, die Zahnbürsten und Klamotten einpacken, den Kühlschrank abschalten, den Wasserhahn abdrehen ... Eine herrliche Betriebsamkeit ergriff sie. So aufgewühlt hatten sie sich schon lange nicht mehr gefühlt. Die Schwere und Aufregung der vergangenen Monate war dem Vibrieren des Abenteuers gewichen. Tammo kam sich wie ein Forscher vor, der auf Expedition ging, vielleicht sogar ein bisschen wie Charles Darwin, bevor der die Planken seines Schiffes, der *Beagle,* betreten hatte. Schwankender Boden, Abenteuer und die Welt warteten auf ihn! Und Dodo fühlte, wie ihr eine Last von den Schultern rutschte.

Die Pechsträhne ihrer Familie schien ein Ende gefunden zu haben, endlich konnten sie aufatmen. Es tat sich etwas!

Sie bemerkte, wie ihre Mutter in spiegelnden Schaufenstern immer wieder einen Blick auf sich selbst heftete; für Feodora ging es um noch viel mehr.

Mit dem bitzelnden Geschmack der Champagnertorte auf der Zunge erreichten sie ihr Haus. Vor der Tür untersuchten sie die Autos der Reihe nach. Welches wohl ihres war? Dann entdeckte Dodo einen blauen Kombi, in dessen Kofferraum eine große Kiste lag. Ob Bogumil diesen Wagen gemeint hatte?

Als sie an der Wohnungstür der Kümmelfischs vorbeischlichen, wurden sie Zeugen eines erhitzten Wortwechsels. Hier war das Unwetter in die zweite Runde gegangen. Auf Zehenspitzen huschten sie zu ihrer Wohnung. Die Kinder konnten es gar nicht abwarten, bis Feodora die Haustür aufgeschlossen hatte. Die Tür schwang auf, und da sahen sie ihn. Ein schwerer Umschlag war durch den Postschlitz eingeworfen worden und einen Meter über den Flurboden gerutscht. Er schien in seiner ganzen, wuchtigen, schiefergrauen Herrlichkeit auf sie gewartet zu haben. Bogumils dritter Brief, der ihnen endlich verraten würde, was genau sie erwartete. Tammo stürzte auf ihn zu, beugte sich über ihn und fand mit den wechselnden Einfallswinkeln des Lichtes wieder ihre Namen schiefergrau in das schiefergraue Papier eingeprägt. Doch der Umschlag war viel größer und viel dicker, als die beiden vorhergehenden. Wie einen aus dem Nest gefallenen Jungvogel hob Tammo ihn auf und beeilte sich, neben Dodo und Feodora am Küchentisch Platz zu nehmen. Dodo drehte das Päckchen aus dem Café in den Händen und roch daran. Eine tiefe Falte stand zwischen ihren Augen. Über den geheimnisvollen Inhalt grübelnd, biss sie sich auf die Unterlippe. Plötzlich waren die Zweifel zurückgekehrt. Was, wenn das Päckchen etwas Gefährliches enthielt? Etwas Verbotenes?

„Da... – *hik* – darf ich?“, fragte Tammo.

Feodora nickte, ließ mit ihren Augen jedoch nicht den Bruchteil einer Sekunde von dem neuen Kuvert ab.

„Nun mach schon!“, flüsterte Dodo.

Tammo schob seinen Finger hinter die Klebezunge und öffnete den Umschlag. Dann schüttelte er den klimpernden Inhalt auf den Tisch und zog zwei eng beschriebene Briefbögen heraus:

Sehr geehrte Feodora Fistel,
liebe Dodo, lieber Tammo,

dies ist der letzte Brief vor eurer Abreise. Macht euch keine Sorgen um die Wohnung. Wenn ihr einen Schlüssel an der Rückwand eures Innenhofs (zweite Backsteinreihe von unten, sechster Backstein von rechts) platziert, wird sich jemand in eurer Abwesenheit darum kümmern (auch um Tammos Pilzzucht) – natürlich ohne von Frau Kümmelfisch bemerkt zu werden. Packt nur das Nötigste ein, Lebensmittel für die ersten Tage werden bereitgestellt, Reiseproviant wurde in dem blauen Kombi deponiert, den ihr vielleicht schon vor eurem Haus ausfindig gemacht habt. Diesem Brief sind beigelegt:

Reisekarte mit Wegbeschreibung
Fährticket (Kiel – Göteborg und zurück)
5000,- Schwedenkronen
200,- Euro
Autoschlüssel (+ Fahrzeugpapiere)
Hausschlüssel

Doch nun das Wichtigste! Bitte merkt euch die Beschreibung gut, sie ist lebenswichtig. In Schweden wird in den ersten Tagen nach eurer Ankunft im Haus die Kontaktperson Egil Schnurpel mit euch in Verbindung treten. Ihm und nur ihm ist das Päckchen auszuhändigen. Egil Schnurpel. Merkt euch den Namen. Egil Schnurpel.

Vergewissert euch, dass es der richtige Egil Schnurpel ist; zu leicht kann sich ein anderer für ihn ausgeben. Es gibt ein einziges sicheres Erkennungsmerkmal: eine Tätowierung am linken Oberarm, innen. Hier könnt ihr das dargestellte Symbol sehen.

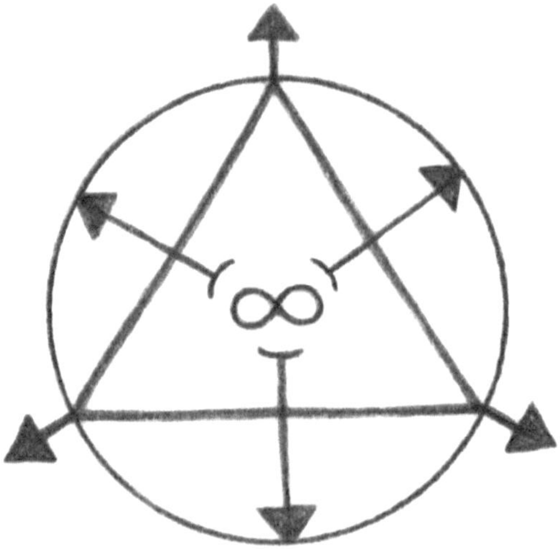

Merkt es euch gut! Merkt euch: Kreis, darin ein Dreieck, sechs Pfeile, drei gehen vom Mittelpunkt des Dreiecks aus und stoßen gegen die Kreislinie, drei Pfeile entspringen den Ecken des

Dreiecks und gehen über die Kreislinie hinaus. Im Zentrum des Dreiecks seht ihr die liegende Acht, das Symbol (∞) für die Unendlichkeit. Kann Egil Schnurpel diese Tätowierung vorweisen (linker Oberarm, innen), dann ist er eure Kontaktperson und ihr seid aller Verantwortung für das Päckchen enthoben.

Kann er sie nicht vorweisen, habt ihr ein ernsthaftes Problem. Seid vorsichtig! Sollte es die Situation zulassen, dürft ihr dem richtigen Egil Schnurpel einen kleinen Streich spielen. Sagt ihm, der Nachweis der Tätowierung reiche nicht aus, ich hätte euch gesagt, es müsse noch eine zweite existieren, ein Name. Seine Reaktion ist mein Geschenk an euch. Also noch einmal: Ihr dürft euch zu der Tätowierung keine Skizze machen, behaltet sie im Gedächtnis: Kreis, Dreieck, sechs Pfeile, die liegende Acht! Wo befindet sich die Tätowierung: linker Oberarm, innen. Wie heißt eure Kontaktperson: Egil Schnurpel. Das zu eurer Hilfe. Und seid wach-

sam! Brecht um 2.00 Uhr auf, nachts fällt es schwerer, eurem Auto zu folgen, auch wenn ihr dann länger auf die Fähre warten müsst. Teilt niemandem eure Reiseroute mit! Erst recht nicht euer Ziel. Beherzigt immerzu die oberste Priorität: Geheimhaltung! Öffnet das Päckchen nicht, lasst es niemals aus den Augen! Von jetzt an seid ihr auf euch allein gestellt. Es ist euer Auftrag. Euer Botengang. Ich vertraue euch und verbleibe bis zu eurer Heimkehr hochachtungsvoll,

Bogumil

„E... – *hik* – Egil Schnurpel!", kicherte Tammo und krauste die Nase.

„Linker Oberarm, innen ... hm ... Wie Egil wohl aussieht? Bestimmt wie ein ... wie ein ..." Dodo überlegte.

„Wie ein Schnurpel natürlich!", stimmte Feodora lachend ein und untersuchte den Inhalt des Briefs, der auf der Tischplatte ausgebreitet lag.

Für einen Augenblick strichen ihre Fingerkuppen über das Geld, um dann weiter auf den Autoschlüssel und die Karte zuzusteuern. Mit wenigen Handgriffen hatte sie die Reisekarte vor sich ausgebreitet und war der rot eingezeichneten Linie bis zu dem mit einem ∞ gekennzeichneten Haus gefolgt, weit in den Norden.

„Wie auf einer Schatzkarte! Und wir sollen schon um zwei Uhr losfahren?“

Alle drei lasen noch einmal schnell den ganzen Brief und versuchten, sich die betreffenden Passagen und die Skizze der Tätowierung einzuprägen, gerade noch rechtzeitig, bevor alles verblasste und sich in feine, puderige Asche verwandelte.

Doch mit den schwindenden Wörtern trat Dodos Sorge immer klarer zutage. Sie fühlte sich wie eine Marionette. Was sollte das alles? Und wer hielt hier die Fäden in der Hand? Wer war dieser Bogumil? Und warum veranstaltete er einen solchen Trubel um dieses Päckchen? Konnte es nicht mit der Post geschickt werden? Argwöhnisch tastete sie mit den Fingerkuppen die Klebestreifen ab und zuckte zusammen, als Feodora aufsprang.

„Dann lasst uns rasch packen, Kinder! Dodo, du holst meinen Koffer aus dem Schlafzimmer, Tammo, du versteckst schon einmal einen Hausschlüssel im Innenhof!"

„Zwe... – *hik* – zweite Backsteinreihe von unten, sechster Backstein von rechts!" Tammo verschwand im Treppenhaus.

„Aber, dass Bogumil sogar etwas über die Pilzzucht und unseren Innenhof weiß, ist schon wirklich unheimlich, finde ich", gab Dodo zu bedenken und kratzte sich am Handgelenk. „Wer ist denn der Kerl bitte? Woher hat der das ganze Wissen?"

„Vielleicht ...", begann Feodora, und ihr Blick wurde träumerisch. „Vielleicht ist Bogumil der Kopf einer geheimen Organisation, die sich für die Rettung der Welt einsetzt! Die Organisation kämpft für Gerechtigkeit und Freiheit und gegen die Unterdrückung der Armen!“ Sie seufzte.

„Mama, du hast die Pferde und *König Artus* vergessen und *Robin Hood* und *Schinderhannes* und überhaupt …“

Feodora streckte ihrer Tochter die Zunge raus und machte sich ans Packen. Fürs Erste schob Dodo ihre Bedenken beiseite und half bei den Vorbereitungen. Nicht einmal dreißig Minuten später saßen sie zu dritt, schwer atmend, auf dem Koffer im Flur und warteten. Sie warteten darauf, dass es endlich zwei Uhr würde. Da sich die Küchenuhr weigerte, etwas anderes als halb acht anzuzeigen, beschlossen sie, doch noch zu essen und sich anschließend hinzulegen. Drei Wecker waren gestellt. Ohne sich die Mühe zu machen, noch einmal in die Schlafanzüge zu schlüpfen, lagen sie angezogen nebeneinander in Feodoras Bett und starrten die Decke an. Sie zählten die Minuten und ließen all das vor sich aufleben, was ihnen an diesem Tag widerfahren war. Die Schmach, die Einweghandschuhe, die Zeugnisausgabe, die Champagnertorte im *Café Dornseidel*, die Begegnung mit Metzger Klops und Herrn Kümmelfisch und ... die drei Briefe von Bogumil. Jeden einzelnen Satz dieser Briefe versuchten sie zu erinnern. Egil Schnurpel tauchte noch einmal mit seiner Tätowierung am linken Oberarm auf und verblasste wieder. Ein Kreis, ein Dreieck und viele, viele Pfeile tauchten aus dem Schlummer auf und verwirrten sich zu einem unentwirrbaren Knäuel. Und darüber schliefen sie irgendwann dann doch noch ein.

12. Kapitel

Drei Wecker klingelten gleichzeitig. Wie enthauptete Hühner sprangen Tammo, Dodo und Feodora aus dem Bett und stießen gegeneinander. Ein Blick auf die Wecker überzeugte sie davon, dass es 1:58 Uhr (Tammos Wecker), 2:00 Uhr (Dodos Wecker) und 2:04 Uhr (Feodoras Wecker) war. Ganz eindeutig, es war soweit!

Ein letztes Mal gingen sie ihre Reisedokumente durch. Tammo hatte Bogumils Päckchen unter dem Pulli eingeklemmt, und so hievten sie gemeinsam den Koffer über die Türschwelle und versuchten, beim Abwärtssteigen die knarzenden Stufen zu umgehen. In der Haustür verharrten sie kurz. Die Nachtluft war kühl und legte sich in einem frischen Film über ihre Gesichter. All das würden sie für drei Wochen hinter sich lassen. Drei Wochen keine Kümmelfischs. Drei Wochen keine Absagebriefe. Drei Wochen kein Arbeitsamt, keine Raulis und Kyrills und Emnats. Drei komplette Wochen lang Ruhe! Entschlossen zogen sie die Tür hinter sich zu und bemerkten jeweils das Lächeln der anderen.

„Wir machen uns tatsächlich auf den Weg ..."

Feodora blickte ihre Tochter an und konnte nicht anders, sie musste Dodo einfach die Haare aus der Stirn streichen und ihre Nasenspitze berühren. Einmal nur. Ganz leicht. Dodo schnappte nach ihrem Finger und zwinkerte. Tammo ächzte, denn die Damen hatten ihn in der Zwischenzeit mit dem Koffer allein gelassen. Mit beiden Händen zog er ihn auf den Kombi zu, dann musste er verschnaufen.

„Do... – *hk* – Dodo!", Tammo strahlte mit den Straßenlaternen um die Wette. „Wir fahren na... "

„Psst!" Seine Schwester presste sich den Finger auf die Lippen und zischte dann an Tammos Ohr: „Oberste Priorität!"

„Kinder, ist das nicht eine herrliche Nacht? Wann hatten wir das letzte Mal eine so ... so eine herrliche Nacht?"

Sie alle hatten ein Gefühl von Christbaumkugeln in der Brust: Hauchzarte, glänzende Gefühle hingen hinter ihren Rippenbögen und tönten leise bei jedem Schritt. Und jeder Ton stieg wie Vorfreude und Harzduft in ihnen auf. Ja, was für eine Nacht! Und wirklich, der Himmel hing tief und klar über ihnen, obwohl sie von den Sternenbildern nur Schemen erkennen konnten. Das Licht der Stadt schluckte den uralten Schimmer.

Feodora kramte in ihrer Hosentasche und zog den Autoschlüssel hervor. Für eine Sekunde wog sie ihn in der Hand und schien fast damit zu rechnen, dass er sich vor ihrer aller Augen in ein feines, puderiges Nichts verwandelte.

„Lass es keinen Traum sein …", betete sie vor sich hin und verkrampfte ein wenig, bevor sie den Schlüssel ins Schloss schob und umdrehte. Es klickte. Mit unterdrücktem Jubel rannten Fistels um den Wagen herum, öffneten alle Türen, bugsierten den Koffer hinein und rochen an den Lederteilen. Der Wagen war fast neu, und sogar die Sitze hatte jemand so eingestellt, dass sie nichts verändern mussten. Ein Schauer überlief die drei, als sie endlich im Auto saßen und Feodora den Motor startete.

„Das Päckchen?“

Tammo reichte es nach vorne, wo Dodo es vorsorglich unter dem Beifahrersitz verstaute.

„Können wir dann?“

„Wir können, Mama.“

„Ja – *hk* – ja, wir können!“

Wären Fistels in diesem Moment nicht so furchtbar aufgeregt gewesen, hätten sie vielleicht im Rückspiegel bemerkt, wie sich eine dunkle Gestalt aus einem Hauseingang löste, dem davonfahrenden Auto hinterhersah und es plötzlich sehr eilig hatte.

Familie Fistel jedoch starrte wie gebannt auf die Straße. Viermal verfuhren sie sich auf dem Weg aus der Stadt, und an jeder Kreuzung bekam Feodora nervöse Flecken auf der Stirn und fragte ganz hektisch: „Ist links auch wirklich frei, Tammo? Dodo? Und rechts? Wie sieht es rechts aus? Kommt da nicht was? Da rechts! Da hinten! Der kleine Grüne da! Bewegt der sich nicht? Tammo? Dodo?“

Dabei waren kaum andere Autos auf den Straßen unterwegs. Und der kleine Grüne bewegte sich durchaus nicht. Feodora Fistel hatte nur schon Ewigkeiten nicht mehr hinter einem Steuer gesessen.

Nachdem sie endlich die Autobahnauffahrt Richtung Norden erreicht hatten, ließ Feodoras Anspannung nach. Als sie ihre Finger vom Lenkrad löste, wurden schwitzige Dellen im Leder sichtbar. Bis dahin hatte ihr Rücken kaum den Sitz berührt, so dicht hatte sie sich hinter das Lenkrad geklemmt. Abgesehen von diesen anfänglichen Schwierigkeiten fuhren sie in ausgesprochener Hochstimmung auf ihr großes Sommerabenteuer zu. Bogumils Boten hatten sich auf den Weg gemacht, auf den Weg nach Skandinavien!

Tammo saß allein auf dem Rücksitz und war fest davon überzeugt, dass man seinen Herzschlag noch vorne hören musste. So stark hämmerte es in seiner Brust. Er war ... glücklich. Und nur ein kleines bisschen müde. Die erste Stunde auf der Autobahn hielt er sich noch wacker, half seiner Schwester hin und wieder, einen Punkt auf der Reisekarte ausfindig zu machen. Doch nach zwei Stunden wurde er immer einsilbiger. Tief hatte er sich in Träumereien verstrickt. Er spürte ihrer Reise schon einmal voraus. In seiner Fantasie hielt er bereits einen Zeh ins Seewasser und lächelte über den ersten Elch. Gegen fünf Uhr schließlich hatten sie ein gutes Stück zurückgelegt und machten Pause an einer Raststätte. Feodora ging sich einen Becher Kaffee kaufen und Dodo musste einmal zur Toilette. Tammo war sogar dazu zu müde und blieb einfach im Auto sitzen. Als Dodo nach einigen Minuten aus dem Gebäude trat, winkte sie ihm zu und machte Kniebeugen. Tammo schob sich verschlafen näher an die Scheibe und zuckte zusammen. Da war ... Für einen Sekundenbruchteil glaubte er, ein Gesicht im Schatten aufblitzen gesehen zu haben, gleich hinter seiner Schwester! Ein Gesicht, das ihm sonderbar vertraut vorkam. War es nicht ein Mann mit ... mit Glatze?

Tammo rieb sich die Augen, doch als er wieder hinsah, war da nur Dodo. Endlich kam auch Feodora zurück. Sie hatte ihnen Süßigkeiten mitgebracht, und die Fahrt ging weiter. Zunehmend veränderte sich die Landschaft, zumindest das, was sie in der Dunkelheit von ihr erkennen konnten. Die Gegend wurde immer flacher, die Felder größer, und die Höfe lagen versprengt dazwischen. Fast meinten sie schon, die Luft würde nach Salz schmecken, wenn sie ihre Nase ganz dicht an den Fensterspalt hielten. Mittlerweile war Tammo auf dem Rücksitz in sich zusammengesunken, hatte sein Kopfkissen gegen die Scheibe gedrückt und sich in einen alten Parka eingemummelt. Als sie schließlich den Elbtunnel durchfuhren und die Lichter kamen und gingen und wieder kamen und wieder gingen, dämmerte Tammo weg und schlief ein. Er träumte:

Tammo stand auf einer grenzenlosen, weißen Fläche. Neben sich sah er Dodo und Feodora. Sie hatten ihre Augen mit der Hand beschirmt und starrten in die Ferne.

„Wo sind wir?", fragte Dodo. Doch keiner sagte ein Wort. Erst dann fiel ihm auf, dass die beiden wie Bonbons gekleidet waren. Feodora trug ein eisblaues, Dodo ein pinkfarbenes Kostüm mit langen Handschuhen in derselben Farbe.

„Wo sind wir?", fragte Feodora. Doch keiner sagte ein Wort. Ihre Haare wehten ganz leicht. Ein Wind kam und ging – über die weiße Ebene. Plötzlich überfiel sie Finsternis. Ein gewaltiger Schatten raste auf sie zu, als würde der Mond auf die Erde stürzen. Im letzten Moment sprangen sie beiseite, und Dodo kreischte: „Eine Hand!"

Und wirklich, es war kein Himmelskörper, sondern eine Riesenhand, die sie um Haaresbreite zermalmt hätte. Sie hielt einen Riesenfüllfederhalter in den Riesenfingern und schrieb in Riesenbuchstaben einen Riesentext auf die weiße Ebene. Tammo folgte dem Schwung der Feder, folgte dem blauen Strich und versuchte zu erraten, was geschrieben wurde. Doch die Buchstaben waren zu groß. Sie ergaben einfach keinen Sinn. Tammo war sogar zu klein, um den Tintenstrich überspringen zu können. Bei dem Versuch landeten seine Füße in dem noch feuchten Rinnsal und färbten sich blau. Wütend stapfte er los. Als Tammo zurückblickte, erschrak er. Seine Schuhe hinterließen auf der weißen Fläche keine normalen Abdrücke, sondern Gänsefüßchen. Er machte einen Schritt und hob den Fuß. Auf dem Boden sah er nichts weiter als ein „ . Mit beiden Beinen sprang er in die Luft und landete einen Meter entfernt auf makellos weißem Boden. Als er seine Füße nacheinander hob, sah er wieder nur: „“.

Im nächsten Moment rollte ein riesiges, gebratenes Fleischbällchen über die Zeilen – direkt auf sie zu. Auf dem Ball balancierte das kupferne Erdferkel. Es kam mit dem Hinterteil voran auf sie zu und schob den Klops dem Ende des Briefes entgegen. Tammo sah ihm nach. Noch einmal blitzte die blank polierte Zungenspitze des Erdferkels auf. Dann bemerkte Tammo, wie sich unter ihnen der Boden zu verändern begann. Die weiße Ebene wurde bröckelig, rissig und zerfiel schließlich zu feiner, puderiger Asche. Fistels verloren den Boden unter den Füßen und fielen. Tammo stürzte in die Tiefe und erwachte im …

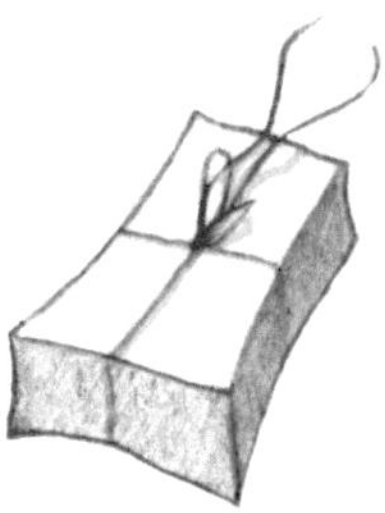

13. Kapitel

„Mhmm …“ Tammo fühlte sich, als hätte er auf einer Folterstreckbank mit angelegten Daumenschrauben geschlafen. Alle Glieder taten ihm weh, und sein Nacken knackte. Selbst die Christbaumkugeln schienen in seiner Brust einen Sprung bekommen zu haben. Sie schepperten. Und das, obwohl ihr Auto stand.

Es war helllichter Tag, und sie parkten auf dem Hafengelände. Wie spät es wohl sein mochte? Zehn Uhr? Elf Uhr? Feodora schlief noch, er hörte ihre gleichmäßigen Atemzüge vom Fahrersitz. Ihre Brille hatte sie über dem Armaturenbrett abgelegt. Dodo saß mit angezogenen Beinen daneben, kaute auf einer Lakritzschnecke herum und kritzelte etwas in ihr Tagebuch. Beim Umblättern raschelten die Seiten. Tammo räkelte sich und stöhnte. Zu allem Überfluss war auch noch sein linkes Bein eingeschlafen. Ächzend versuchte er, Leben in seine Zehen zurückzumassieren. Er schob seine Jeans bis zum Knie hoch und schlug sich gegen die Wade. Im Gegenzug knuffte ihn Dodo und deutete auf ihre schlafende Mutter. Einen Fluch auf den Lippen, öffnete Tammo seine Tür und fiel der Länge nach auf den Asphalt. Sein Bein war wie eine zerkochte Nudel unter ihm weggeknickt.

„Au... – *hik* – auch schön. Von hier habe ich Ki... – *hk* – Kiel noch nie gesehen."

Eigentlich hatte er Kiel noch aus überhaupt keiner Perspektive gesehen. Und die vom Boden aus war zumindest eine erste und wahrscheinlich nicht einmal die schlechteste. Feodora rutschte auf ihrem Sitz herum und schlief weiter. Nach einer Minute hatte Tammo sein Bein durch Hüpfen und Schlenkern wieder soweit belebt, dass er sich daran machen konnte, die Umgebung auszukundschaften. Ihr Kombi stand als einziges Auto auf dem Wartestreifen Nummer 1. Alle anderen Felder gähnten vor Leere. Kein Wunder, sollte die Fähre doch erst um halb acht abends ablegen. Abgesehen von ihnen waren nur eine Handvoll Hafenarbeiter vor Ort. Diese nippten an ihrem Kaffee und blickten zu dem hüpfenden und sein Bein schlenkernden Jungen in Mädchenjeans hinüber.

An diesem Morgen hielt sich die Sonne bedeckt, und eine Brise strich über den Schwedenkai. Hinter dem Rumpf der Fähre konnte Tammo Verladekräne erkennen und würfelförmige Gebäude längsseits des Hafens. Das Wasser roch brackig und plätscherte gegen Beton. Nicht gerade der abenteuerlichste Teil einer großen Fahrt. Zumindest die auf den Trossen hockenden Möwen konnte Tammo als Vorboten der Ostsee nehmen. Im nächsten Augenblick öffnete sich die Beifahrertür, und Dodo trat zu ihrem Bruder. Sie rieb sich über die Arme und blickte fröstelnd in den Himmel.

„Ich hab Hunger, Tammo, wollen wir mal nachschauen, ob irgendetwas Essbares im Kofferraum ist?“

„Gu... – *hk* – gute Idee!“

Und tatsächlich. Im Heck des Wagens fanden sie einen Karton, auf dem zu ihrer eigenen Überraschung „Frühstück, Kiel“ geschrieben stand. Einen denkwürdigen Atemzug lang sahen sich die Kinder an, dann öffneten sie den Karton. Der Inhalt machte ihnen Bogumil immer unheimlicher. Wusste dieser Mann denn alles? Konnte er alles planen? Tammo fiel sein Traum der vergangenen Nacht wieder ein, doch leider hatten sich die Bilder schon ziemlich ineinander verheddert. Er wusste nur noch, dass da ein riesiger Brief gewesen war und das Erdferkel. Aber war das Tier pinkfarben und der Fleischklops eisblau gewesen? Und diese sonderbaren Gänsefüßchen ...

„Ach ...“, mit einem Seufzer wischte er den Traum beiseite, um sich der duftenden Wirklichkeit zu widmen. Im Karton fanden sie Bagels, Streichkäse, Konfitüre, Tomaten, ein Glas mit sauren Gurken, ein paar Tütchen Ketchup und Mayonnaise, frische Salatblätter, Schokoladenmuffins, eine Brioche, Teebeutel, Kaffeepulver, drei Becher, Messer, Teller und einen Tauchsieder. Letzteren schloss Dodo am Zigarettenanzünder des Autos an und kochte Wasser für die Getränke. Von dem Blubbern erwachte endlich auch Feodora, gähnte und blinzelte ins Sonnenlicht. Ihre Haare sahen aus, als hätte ein Igel darin übernachtet, und der Türgriff hatte Riffelmuster auf ihrer Wange hinterlassen.

„Wa... was gibt es denn, ihr Lieben?"

„Na, Frühstück, Mama! Belegte Bagels, Muffins und Kaffee!"

Feodoras Augen sprangen auf und nahmen erst ihre normale Größe an, nachdem sie die Brille aufgesetzt hatte.

„Was sagt ihr?"

Tammo schob ihr einen Teller auf den Schoß und grinste. Bogumils Frühstückskarton hatte die Christbaumkugeln in seiner Brust wieder mächtig aufpoliert. Dodo reichte ihrer Mutter den dampfenden Kaffee und grinste ebenfalls.

„Hach, das ist ja ... das ist ja ein Ding!“ Feodora kam aus dem Staunen nicht mehr heraus.

„Das ist vielmehr ein Bogumil-Ding!“, erklärte Dodo. Und dann begannen sie zu schmausen bis der letzte Krümel des letzten Bissens des letzten Muffins in ihren grummelnden Bäuchen verschwunden war.

Währenddessen, füllten sich die Wartestreifen allmählich mit Autos. Direkt hinter ihnen hatte ein altes Ehepaar geparkt und Thermoskannen und Butterbrote ausgepackt. Dodo blätterte in einem Reiseführer über Südschweden, den sie – wie konnte es anders sein – zuoberst im Frühstückskarton aufgestöbert hatte. Mit vollem Mund ließ sie ihre Familie an den wundersamen Begebenheiten teilhaben, auf die sie dabei stieß.

„Mhh ... Wölfe, Biber und Elche!“

„Was ist mit Wölfen, Dodo? Du willst doch nicht etwa sagen ...“

„Na ja doch, Mama ... mhh. Zumindest im

Winter werden sie auch in *Värmland* gesehen. Spuren auf mhmm … auf zugefrorenen Seen. Mhh! Und Bären! Bären, die Elche reißen! Hm … hm … hm! Ist das nicht romantisch? Wild und romantisch! Müsste doch ganz dein Geschmack sein, Mama! Gibt es nicht ein Fitzelchen Weltliteratur über Bären und Elche?"

Feodora verzog die Mundwinkel.

„Also, da sind mir ja sogar Möpse lieber!"

Ein paar Bissen später meldete sich Dodo mit einer neuen Entdeckung.

„Tack så mycket!"

Tammo lachte.

„Varsågod!"

„Na dann, Dodo, auf dein ganz Spezielles!"

„Also Mama, wollt ihr denn gar kein Schwedisch lernen, ihr Banausen?" Dodo blickte vorwurfsvoll über die Buchkante hinweg. Tammo sah zu seiner Mutter hinüber, die in diesem Augenblick sogar ein bisschen mädchenhafter wirkte als ihre eigene Tochter.

„Hach Dodo! Ich will erst einmal da sein! Und jetzt will ich in Ruhe meinen Kaffee austrinken! Und dann sehen wir weiter!“

Mutter und Tochter schmollten. Da fragte Tammo: „Was heißt denn, ich mu... – *hk* – muss mal auf Toilette?“

Dodo warf einen Blick in ihr Buch, blätterte und schüttelte den Kopf.

„Das steht hier nicht.“

„Müssen Schweden denn niemals müssen?“, warf Feodora ein.

„Ge... – *hik* – genau! Ist blöd, dein Buch.“

„Blöd? Warum auf einmal blöd?“

„Weil i... – *hk* – ich mal muss, deshalb.“

Als sich Dodo zu ihrem Bruder umdrehte, begannen ihre Augen zu funkeln. Ihre Lippen umspielte das schönste, spöttische Lächeln, das Tammo je gesehen hatte.

„Wenn du noch einen Moment aushältst, dann schaue ich mal nach, ob sich vielleicht ein paar Pilze finden lassen ...“

Schließlich machten sich Tammo und Dodo doch gemeinsam auf die Suche nach einer Toilette, erkundeten dabei das gesamte Hafengelände und ließen sich viel Zeit. Als sie zum Auto zurückkamen, hatte Feodora bereits ihre Bordkarten abgeholt und den Motor angelassen. Sie stand in der Tür und winkte in ihre Richtung. Die letzten Meter rannten Dodo und Tammo. Keiner von ihnen hatte in der ganzen Aufregung auch nur einen Moment an das Päckchen unter dem Vordersitz gedacht. Es war kurz vor drei Uhr, und die Arbeiter wurden rege. Links und rechts von ihnen ließen die Leute ihre Autos an, und dann winkte sie tatsächlich jemand um ein Gebäude herum und auf eine geschwungene Metallrampe zu.

„Schw... – *hik* – Schweden, wir kommen!"

Es rumpelte, als sie auf die Fähre fuhren und tief im Bauch derselben das Auto abstellten.

„Parkdeck *Blau 5*!", rief Dodo über die Schulter und sah sich um. Rings um sie kamen mehr und mehr Autos angefahren und wurden so dicht aneinander geparkt, dass man kaum mehr zwischen ihnen hindurchpasste. Tammo wühlte den Kulturbeutel aus den Tiefen des Koffers, nahm die Tüte mit den Reiseunterlagen und krabbelte aus dem Kofferraum. Aufgeregt schloss Feodora das Auto ab.

„So, Kinder, dann lasst uns einmal schauen, wie unsere Kabine aussieht! Hier steht die Nummer! 7428."

Tammo und Dodo beugten sich über die drei Kabinenkarten, auf denen ihre Namen standen, und strahlten. Sie hatten eine ganze Kabine für sich allein. Noch nie waren sie mit einer Fähre gefahren. Noch nie überhaupt auf einem so großen Schiff gewesen. Das Reisefieber hatte sie gepackt! Allem Anschein nach war sogar schon das Abendessen in dem piekfeinen Bordrestaurant für sie gebucht! Mit Tischreservierung! Das konnte ja etwas geben! Schleunigst verließen sie den Laderaum, in dem es nach Autoabgasen und Schmierfetten roch, und stiegen die Treppe zum sechsten

Deck hinauf. Kabinen und noch mehr Kabinen, doch keine, deren Nummer mit einer Sieben begann. Also weiter! Treppen gesucht und auf das nächsthöhere Deck hinaufgestürmt. Noch waren die Gänge leer, Fistels gehörten zu den Ersten, die das Schiff enterten. Endlich waren sie richtig. Hinter einigen Spielautomaten zweigte ein Gang ab zu den Kabinen 7428 – 7436. Gleich die erste war ihre. Dodo schob ihre Bordkarte in den Schlitz, es piepste, und die Tür ließ sich öffnen. Dahinter lag ein winziger, fensterloser Raum mit vier Betten und einem Bad. Als sie eintraten, sahen sie sich in dem großen Wandspiegel entgegenkommen. Ihre Spiegelbilder grinsten so breit, dass sie lachen mussten. Außerdem erstrahlte Feodoras Igelnestfrisur in besonders schönem Licht.

Dodo und Tammo stürzten auf die beiden unteren Betten zu und ließen sich in die Kissen fallen. Feodora stand noch einen Augenblick vor dem Spiegel und schüttelte den Kopf.

„Kinder, warum habt ihr mir nicht gesagt,

dass ich wie die leibliche Schwester von *Professor Unrat* aussehe?“, schimpfte sie auf ihre altbewährte Art. „Schaut nur meine Haare! Meine Haare, Kinder! Die hätten *Ovid* gleich zu einer neuen Verwandlung angeregt! So kann ich unmöglich unter Leute gehen!“

Die beiden räkelten sich auf den Betten und kicherten.

„Ach, Mama, wenn du heute Abend so ins Restaurant gehst, dann kannst du dir sicher sein, dass dich der Kapitän an seinen Tisch bittet!“ Dodo zwinkerte ihr zu.

„O... – *hk* – oder dir zumindest seinen Kamm leiht ...“

„Sehr witzig! Ha, ha! Wirklich sehr witzig! Das soll der mal schön bleiben lassen und sich aufs Fahren konzentrieren! Ich für meinen Teil werde jetzt eine heiße Dusche nehmen und damit basta! Und ihr beiden schaut zu, wie ihr über die Runden kommt – ab heute seid ihr nämlich wegen zu vieler Frechheiten enterbt ...“

„Ist in Ordnung, Mama, wir sehen uns dann schon mal oben um.“

Feodora öffnete noch einmal die Tür zum Bad und streckte ihren Kopf heraus.

„Dann lasst mir aber bitte Bogumils Päckchen hier, Kinder!“

Das Päckchen? Das Päckchen! Dodo und Tammo wechselten einen heißen Blick. Tammo errötete, Dodo lief es eiskalt den Rücken hinab.

„Hast du es nicht eingesteckt, Mama?“

„Habe ich was?“ Feodora riss die Tür auf und sah sie entsetzt an.

„Ihr hattet es doch! Tammo, du hattest es unter dem Pulli!“

„A... – *hik* – aber ich habe es doch Dodo gegeben!“

„Ja, und ich habe es ...“ Dodo musste sich hinhocken. „... unter den Vordersitz gelegt.“

14. Kapitel

Dodo war blass geworden. Dass das ausgerechnet ihr passieren musste! Sonst war doch Tammo der Pechvogel! Mit dem Autoschlüssel in der Hand stürmten die Geschwister den Korridor entlang, in dem ihnen Passagiere mit Reisetaschen entgegenkamen.

„He, Kinder, sachte, sachte! Wir sind hier doch nicht auf der *Titanic*!", rief ihnen der beleibte Herr hinterher, dessen Bauch sie gestreift hatten.

„Tschu... – *hk* – Tschuldigung!"

Der Mann konnte ja nicht ahnen, dass es um Leben und Tod, dass es um Bogumils Päckchen ging! Ihr Auftrag hing bereits am seidenen Faden, kaum dass sie Kieler Boden verlassen hatten. Sie hätten sich ohrfeigen können, so dämlich kamen sie sich vor.

Auf der Treppe schlängelten sie sich zwischen siebenfachen Pudelbesitzern und einer Dame mit falschen Lippen hindurch und erreichten schweißgebadet das fünfte Deck. *Blau 5*. Hier hielt sich niemand mehr auf. Scheinbar hatten alle Passagiere ihre Kabinen aufgesucht oder sich vor den Spielautomaten und Bars eingefunden. Hier unten waren Dodo und Tammo ganz allein. Entschlossen drückte Dodo den roten Knopf, und die Metalltür schob sich mit einem Zischen beiseite. Dahinter lag das Autodeck in schummriger Beleuchtung. Tammo lief ein Schauder über den Rücken. Er fühlte sich, als würde er in die Schlafkammer riesenhafter, metallisch schimmernder Insekten hinabsteigen. Reihenweise standen die Wagen und Wohnmobile hintereinander. Ihre Scheiben waren dunkel und die Luft roch nach Öl. Doch wo stand ihr Kombi?

Sie beschlossen, sich aufzuteilen. Dodo ging links herum, Tammo nahm sich die rechte Seite vor. Irgendwo auf *Blau 5* würden sie schon mit ihrem Auto zusammenstoßen. Der Boden unter ihren Füßen erzitterte. Tief unten im Bauch

des Schiffes bewegten sich bereits gewaltige Maschinen, stießen Kolben und drehten sich Räder. Tammo hoffte nur, dass sich die Automatiktür gleich wieder öffnen ließe. Er hatte ehrlich gesagt keine Lust, die ganze Nacht hier unten eingesperrt zu verbringen. Aber bei seinem Unglücksstern schien alles möglich. Ängstlich sah er sich nach Dodo um, die gerade hinter einem Anhänger verschwand. Auf einmal stieß Tammo auf ein Auto, an das er sich erinnern konnte. Es hatte nur wenige Meter hinter ihnen geparkt, das wusste er genau. Und tatsächlich, dort vorne stand auch ihr Kombi. Nur ... war er nicht allein. Aus dem Augenwinkel sah er, dass Dodo zu ihm aufgeschlossen hatte und dasselbe sehen musste, wie er auch: Ein hagerer Mann mit riesigem Adamsapfel lehnte sich gegen die Beifahrertür und trommelte mit den Fingern seiner rechten Hand auf das Autodach. Am Zeigefinger blitzte ein eigenartig gewölbter, breiter Siegelring auf.

„He, Sie da! Was machen Sie an unserem Auto?“ Dodos Stimme klang so schneidend und hart, dass nicht nur der Hagere, sondern auch Tammo vor Schreck zusammenzuckte. Augenblicklich hörten die Finger des Mannes auf zu trommeln, er löste sich von der Autotür, wobei seine linke Hand unauffällig in die Hosentasche wanderte. Sein Adamsapfel hüpfte auf und ab wie eine Boje bei starkem Seegang. Dann versuchte er ein schmales, blutleeres Lächeln. Wieder blitzte der Ring auf.

„*Sorry kids!* Keine Sorge! *I was just checking the cars. I work here, so don't worry!*“

Mit diesen Worten wandte er sich von ihnen ab und schlenderte zur Automatiktür. Auf seinem Weg lehnte er sich zwei-, dreimal demonstrativ gegen andere Autos, als wollte er diese ebenfalls überprüfen. Dadurch erschien sein Abgang aber noch viel eigenartiger. Die Tür zischte und schloss sich Sekundenbruchteile später hinter seiner schlaksigen Gestalt. Mit offenem

Mund starrten sich die Kinder an. Ihr Puls raste!

„Was meinte der Typ, Tammo? Er überprüft die Autos? Einfach so?“

Tammo hob die Schultern.

„Ich finde ja nicht, dass der wie jemand aussah, der hier arbeitet! Was für einen Quatsch hat der da erzählt!“

„A... – *hik* – aber, was wollte er denn sonst?“ Doch im selben Moment, als er die Frage ausgesprochen hatte, fiel es Tammo wie Schuppen von den Augen. Gemeinsam mit Dodo stürzte er auf die Autotür zu und rüttelte am Griff. Sie war verschlossen. Mit zittrigen Fingern öffnete Dodo die Tür und lehnte sich in den Fußraum. Deutlich war ihr Seufzen zu hören, bevor sie mit dem Päckchen auftauchte.

„Also e... – *hik* – echt, Dodo! Wenn wir das verbockt hätten! Mama hätte uns wirklich enterbt!“

Beide hielten Bogumils Päckchen in den Händen, strichen über die Klebekanten und Siegel.

Wie schwer es auf einmal war! Oder lag das an ihrer Aufregung? Dodos Augen verengten sich.

„Und Bogumil würde uns nicht mehr vertrauen können ...“

Gar nicht auszudenken, welche Folgen der Verlust des rätselhaften Päckchens gehabt hätte! Nicht nur, dass ihr Botengang damit ein jähes Ende gefunden hätte, eine ganze Welt an Chancen wäre für sie eingestürzt. Bogumils Briefe waren für Familie Fistel wie das Geschenk aus einer anderen Welt, und sie verdaddelten einfach so am ersten Tag das Päckchen. Unglaublich! Zum Glück war es Feodora rechtzeitig aufgefallen. Nur eine Minute später und ... Tammo atmete tief durch.

„Komm, Brüderchen, ist ja noch mal gut gegangen!“

Dodo klopfte ihm auf die Schulter, schloss das Auto ab und schob sich das Päckchen diesmal selbst unter den Pullover in den Hosenbund.

„Wird uns so schnell nicht mehr passieren, was Tammo?“

Er schüttelte heftig den Kopf und war heilfroh, als sich vor ihnen die Schiebetür öffnete und sie das Reich der schlafenden Autos verlassen konnten. Auf ihrem Weg nach oben hielten sie Ausschau nach dem hageren Mann, entdeckten ihn jedoch nirgends. Um eine falsche Fährte zu legen, gingen sie an ihrer Kabine vorbei, bogen drei Gänge später ab, wechselten zweimal das Deck und waren sich erst danach sicher, von niemandem verfolgt zu werden. Als sie ihre Kabine betraten, saß Feodora mit nassen Haaren auf der Bettkante und knetete nervös ihre Unterlippe. Sie sprang sofort auf und lief ihnen entgegen.

„Das Päckchen?“ Ihre Augen flackerten vor Furcht.

Dodo lächelte nur und nickte. Ihre Mutter sank zurück aufs Bett und presste ihre Hände vors Gesicht.

„Ich war mir so sicher, dass es weg sein würde ...“

Sie schluchzte. Da ging Tammo zu ihr hinüber und legte seinen Arm um ihre Schultern.

„Scho... – *hk* – schon gut, Mama. Alles gut.“

Mit rot geränderten Augen sah sie auf und wischte sich die Tränen unter dem Brillengestell fort.

„Und, Kinder, ...“, sie rang sich ein Lächeln ab, „wie ... wie war es in der Unterwelt?“

Dodo grinste. „Na, wir haben uns mal lieber nicht umgesehen!“

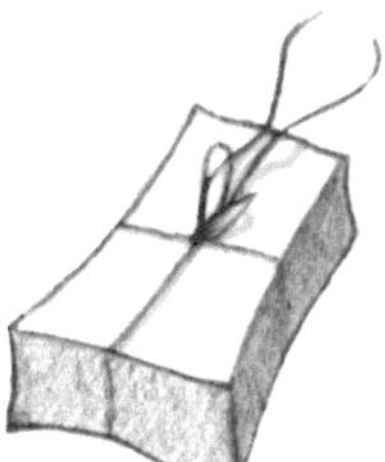

15. Kapitel

Nachdem sich auch Tammo und Dodo die Zähne geputzt hatten, machten sie sich zu dritt daran, die Decks zu erkunden. Bis zum Ablegen der Fähre war es noch etwas hin, und ihr Tisch im Restaurant war erst für zwanzig Uhr reserviert. Es blieb also Zeit genug, um sich alles gründlich anzuschauen. Von ihrer sonderbaren Begegnung auf *Blau 5* beschlossen die Kinder erst einmal nichts zu erzählen. Feodora hatte sich gerade wieder gefangen, und das wollten sie nicht aufs Spiel setzen. Ihre Mutter wirkte sogar regelrecht unternehmungslustig, zwinkerte Tammo und Dodo zu und griff nach ihren Händen. Dann stürmten sie die Treppen zum Oberdeck hinauf. Wind und Wellen, das wollten sie sehen! Und als hätte ein größerer Wille von ihrem Wunsch erfahren, brach die Wolkendecke in dem Moment auf, als sie die schwere Außentür aufzogen und hinaustraten. Vor ihnen ragten die Rettungsboote auf, und Pfeifenrauch kitzelte ihre Nasen.

Passagiere flanierten längs der Reling und blickten versonnen über das Hafenbecken. Eine Treppe führte bis aufs Sonnendeck, gleich am Fuß des Schornsteins. Dort waren noch einige Sitzbänke frei. Feodora zog die Kinder hinter sich her und nahm, die Sonne im Gesicht, Platz. Und hier saßen sie und schwiegen. Von den Strapazen der Nachtfahrt waren sie noch immer gebeutelt und genossen nun die Ruhe und Wärme aus vollen Zügen. Sie dösten wie ein Rudel junger Wölfe im Heidekraut. Feodora hatte die Augen geschlossen, doch ihre rechte Hand, mit der sie Dodo umfangen hielt, tippte von Zeit zu Zeit gegen das verborgene Päckchen, als wollte sie sichergehen, dass es noch da war. Tammo und Dodo dachten derweil an die Begegnung auf dem Autodeck. Ob der Hagere wirklich von ihrem Botengang wusste? Warum sonst hätte er ausgerechnet vor ihrem Auto herumlungern sollen?

Sie beschlossen, noch wachsamer zu sein. Bogumil wollten sie nicht enttäuschen, schließlich waren sie gute Boten!

„Mama, wir sehen uns noch ein bisschen um", begann Dodo und tippte ihren Bruder an. Feodora öffnete die Augen einen Spalt weit.

„Seid bitte vorsichtig, Kinder. Nach dem Schreck von eben ..."

Sie nickten. Auf einmal begann sich die Landschaft zu bewegen, Werften und Kräne fingen an zu rucken und drehten sich an ihnen vorbei. Erst allmählich ging ihnen auf, dass die Fähre abgelegt hatte und in einem Schwall aufgewirbelter Quallen wendete. Das Beben der Bänke nahm zu, die Geländer vibrierten.

„Und denkt daran, dass unser Tisch für acht Uhr reserviert ist!"

„Wir kommen da... – *hik* – dann direkt ins Restaurant, Mama!"

Fort waren sie. Sie wollten Kriegsrat halten. Zu diesem Zweck setzten sie sich an eine

Fensterzeile, in deren Nähe drei Spielautomaten standen. Eine Oma mit Trainingshose und blaustichiger Dauerwelle stand ganz links und warf ein Geldstück nach dem anderen ein. Dodo lächelte bei ihrem Anblick. Tammo drängte sich an seine Schwester und flüsterte ihr ins Ohr: „Wa... – *hk* – was glaubst du, werden wir verfolgt?“

„Keine Ahnung“, raunte Dodo. „Im Brief stand, wir sollten wachsam sein und ...“ Sie zögerte einen Moment. „Na, ich denke, wir sollten nicht ohne Grund nachts von zu Hause losfahren ...“

„Glaube ich a... – *hk* – allerdings auch.“

Die Spielautomaten blinkten und summten. Wieder warf die alte Frau eine Münze ein und drückte einen der grell leuchtenden Knöpfe.

„Ist dir denn noch irgendetwas aufgefallen, Tammo?“

Er überlegte scharf.

„Ni... – *hk* – nicht wirklich, nur an der Raststätte, da ...“

„Was war da, Tammo?“ Dodos Gesicht war mit einem Mal ernst geworden. Sie pustete sich die Haarsträhne aus der Stirn. „Was?“

Tammo senkte den Blick, er hatte ja nur dieses eigenartige Gefühl gehabt. Mehr nicht.

„Ich weiß ni... – *hk* – nicht, Dodo. Nur so’n Gefühl.“ Er spürte ihren Blick auf sich ruhen. „Ich dachte, da wäre je... – *hk* – jemand gewesen, den ich vorher schon gesehen hatte.“

Nervös blickte er sich um. Doch nur die alte Frau stand in Hörweite. Mit gesenkter Stimme sagte er dann: „Ein Mann mit Glatze ...“

Dodos Augenbrauen zogen sich noch weiter zusammen. „Mit Brille? Silbriges Gestell? Doppelkinn?“

Tammo klappte die Kinnlade herunter. Er nickte wortlos.

„Er kam mir auf dem Weg von der Toilette entgegen und sah mich komisch an“, erklärte Dodo. „Und jetzt der andere Typ an Bord! Wa... – *hk* – was hat das zu bedeuten, Dodo?“

In diesem Moment trillerte und hupte der Spielautomat besonders laut, und ein Schwall von Münzen klimperte in die Auffangschale. Der Geldsegen wollte gar nicht enden. Immer weiter rasselten und klackerten die Silberlinge aus dem Gerät, quollen über und rollten den Kindern bis vor die Füße. In den Fenstern des Automaten leuchteten drei Worte auf: Bar Bar Bar.

„Schau, Tammo, die Oma hat gewonnen!"

Doch als sie sich nach der alten Frau umdrehten, war diese verschwunden. Als hätte sich der Schiffsboden vor ihnen aufgetan und sie verschluckt. Nur die Münzen rasselten weiter.

Noch bevor Dodo etwas sagen konnte, rannte Tammo zum Gerät hinüber und spannte sein T-Shirt vor dem Münzfach auf. Es klingelte und klackerte, bis sich der Stoff bedrohlich ausbeulte. Über die Schulter hinweg strahlte er Dodo an. Doch sie blieb argwöhnisch, als würde sie gerade erst anfangen zu kombinieren.

„Lass uns von hier verschwinden Tammo, das alles ist mir nicht geheuer!“

In Windeseile klaubte Tammo die letzten Münzen zusammen. Für sich hatte er bereits beschlossen, Feodora von dem Geld ein kleines Geschenk zu machen.

Als die Kinder wenig später am Bordrestaurant ankamen, stand vor dem Eingang eine Gruppe Anzugträger. Tammo hatte eine riesige Tafel Vollmilchschokolade unter den Arm geklemmt. Die Frau an der Kasse des Duty-free-Shops hatte ausgesprochen dumm geguckt, als Tammo sein T-Shirt umgestülpt und etwa ein Kilo Münzen vor ihr ausgeschüttet hatte. Allein das Zählen hatte Ewigkeiten gedauert, während die Schlange hinter ihnen wuchs. Das Geld hatten sie sich in Schwedenkronen auszahlen lassen und es redlich untereinander aufgeteilt. Als sie sich jetzt vor dem Bordrestaurant unter die Anzugträger mischten, hatte ein jeder von ihnen ein prächtiges Bündel Kronen in der Hosentasche. Man konnte ja nie wissen, wofür es einmal gut war. Noch immer funkelten Tammos Augen über ihr unverschämtes Glück. Nur Dodo rechnete jeden Moment damit, dass ihnen eine Oma mit blaustichiger Dauerwelle und Trainingshosen auf die Schulter tippte. Doch weit und breit waren keine Großmütterchen in Sicht, Trainingshosen erst recht nicht. Lediglich im Schnellimbissbereich erkannten sie das Ehepaar wieder, welches in Kiel hinter ihnen geparkt hatte. Tammo nickte ihnen zu.

Alles war piekfein, und Dodo verspürte leichten Schwindel, während sie an die Rezeption traten und ihnen der Oberkellner entschieden den Weg versperrte.

„Entschuldigt, Kinder, aber der Restaurantbereich ist lediglich Gästen mit Tischreservierung zugänglich."

Damit glaubte er, alles Nötige gesagt zu haben und winkte über ihre Köpfe hinweg ein elegantes Paar vorbei. Dodo merkte, wie Tammo zornrot anlief. Seit Rauli Klops mochte er es nämlich gar nicht, wenn man ihn von oben herab behandelte, erst recht nicht, wenn er seine Jeans mit den rosa Aufschlägen trug. Hinter Tammos Stirn arbeitete es fieberhaft. Zu Dodos Erleichterung trat ihr Bruder dem Oberkellner jedoch nicht gegen das Schienbein, sondern langte in seine Hosentasche. Er zog das Geldbündel hervor und nahm den kleinsten, knitterigsten Schein, den er zwischen all den Schwedenkronen ausfindig machen konnte. Diesen klemmte er sich in die hohle Hand und baute sich direkt vor dem Oberkellner auf. Dieser verzog keine Miene, als würde er Kinder aus Prinzip nicht wahrnehmen.

„Mein Na... – *hik* – Name ist Fistel, Tammo Fistel, und ich wü... – *hk* – würde mich glücklich schätzen, wenn Sie uns endlich zu unserem Tisch führen könnten!“ Entschlossen ergriff er die schlaff herabhängende Hand des Oberkellners und drückte ihm den Schein in die Finger.

Nun war es an dem Erwachsenen zu erröten und eine nervöse Verbeugung anzudeuten. Das Auftreten dieses Kindes brachte ihn aus der Fassung.

„Fi-Fistel?“, fragte er, und sein rechtes Augenlid begann zu zucken. Eilig fuhr sein Finger über die Gästeliste und stockte unter F. Tammo legte ein triumphierendes Lächeln auf und sah zu Dodo hinüber. Ihr blieb gerade einmal genug Zeit, sich über die für ihren Bruder ungewöhnlichen Umgangsformen zu wundern.

„Entschuldigt ... ah, öhm ... Entschuldigen Sie bitte, Herr Fi-Fistel ... ein Mi-Missverständnis! Ich bin untröstlich! Dann wird diese bezaubernde junge Dame wohl Ihre werte Schwester sein, etwa nicht? Hm ... hm ... na-natürlich, Ihr Tisch!“

Der Oberkellner winkte einen Kellner herbei, der die Geschwister endlich an der Milchglasabschirmung vorbeiführte und ihnen einen der besten Tische des Restaurants präsentierte. Von hier aus hatten sie einen grandiosen Blick über das Meer und die tiefstehende Sonne.

Und kaum, dass sie Platz genommen und der Kellner die Kerzen entzündet hatte, tauchte auch schon Feodora neben ihnen auf. Sie hatte sich die Lippen geschminkt und trug ein wunderschönes, gelbes Kleid. So jung hatten sie ihre Mutter noch nie gesehen.

„Mama, du siehst toll aus!"

Feodora setzte sich lächelnd neben Dodo.

„Also von mir aus kann der Kapitän jetzt kommen ..."

Ersatzweise schob ihr Tammo die Tafel Schokolade über den Tisch und sagte: „Fü... – *hk* – für dich!"

Sie drückte die beiden an sich und begann zu berichten. „Also wisst ihr Kinder, ich habe mir die Karten einmal genau angesehen. Die Karten von *Värmland* meine ich! Es ist einfach fantastisch, alles voller Wald und Seen. Überall Seen! Ich habe noch nie so viele Seen auf einer Karte gesehen! Große Seen und kleine Seen! Längliche Seen, ovale Seen, Seen mit Inseln und ohne! Ich sage euch, die Druckerei hat hier viel blaue Farbe gebraucht! Und kleine Städte und Dörfer wie *Bullerbü*. Ich ..."

Sie brach plötzlich ab und schluckte schwer.

„Hach, Kinder, so etwas wollte ich immer schon mit euch machen ..." Feodoras Stimme versagte. Tammo und Dodo spürten aber auch so, dass sich ihre Mutter für all das entschuldigen wollte, was in den letzten Jahren nicht möglich gewesen war. Sie schniefte.

„Mama, da kommt der Kellner. Wir haben dich auch lieb."

Feodora tupfte sich die Augenwinkel und schnäuzte in ihr Taschentuch. „Ihr seid toll, ihr beiden, ... danke!"

Der Kellner kam wirklich. Und wie er kam, nämlich immer und immer wieder. Während sich die Sonne in voller Fahrt dem Meeresspiegel näherte und dabei das Restaurant in ein goldenes, flirrendes Aquarium aus Licht und Heiterkeit verwandelte, rollten die Gänge an.

Bogumil hatte es an nichts fehlen lassen. Zur Vorspeise gab es einen Teller Karotten-Ingwer-Suppe mit einem Flusskrebstörtchen in der Mitte. Im Anschluss daran wurde der zweite Gang aufgefahren. Rings um einen See aus Soßen und Tiegel voll zerlassener Butter waren Riesengarnelen aufgereiht, daneben Krebsscheren, Austern und hauchdünn geschnittener Lachs. Als wäre das noch nicht genug, trug der Kellner als eigentlichen Hauptgang argentinische Steaks mit Pommes frites und Sherrygemüse auf, und zum Nachtisch gab es flambierte Mangoscheiben auf gemischtem Eis.

Oh, wie sie schlemmten! Tammo platzte fast vor Glück. Er konnte sich nichts Schöneres vorstellen, als hier zu sitzen, dem Sonnenuntergang zuzusehen und zu speisen. So musste das Paradies aussehen: Sonnenuntergänge und gutes Essen – vierundzwanzig Stunden am Tag. Auch Dodo genoss die ausgelassene Stimmung, nippte einmal an Feodoras Champagnerglas und stützte ihr Kinn in die Hand. Mit jedem Bissen und jedem Schluck, den sie taten, kamen sie dem Land ihrer Bestimmung näher. Irgendwo jenseits der funkelnden Wellenkämme, jenseits der Ostsee wartete Schweden auf sie. Feodora kam den Kindern wie verwandelt vor. Ihre Augen schimmerten, und wenn der Kellner mit einer neuen Köstlichkeit herantrat, umspielte ein neckisches Lächeln ihre Lippen. Dodo hatte schon die Befürchtung, ihre Mutter würde den Kellner in den Po kneifen wollen, sobald er sich umdrehte. Glücklicherweise tat sie es nicht. Vielmehr betupfte sie mit der Serviette ihre Mundwinkel und schob ihren Stuhl vom Tisch fort.

„Entschuldigt mich bitte für einen Moment, Kinder ...“ Sie stand auf und zwinkerte ihnen zu. „Bin sofort wieder da.“

Nur ein paar Minuten mussten sie sich mit Austernschalenstapeln die Zeit vertreiben, da kam sie schon zurück. Doch, als sich Feodora in ihren Stuhl gleiten ließ, erkannten sie ihre

Mutter nicht wieder. Sie wirkte völlig verändert. Feodoras Gesicht war aschfahl, und ihre Hände zitterten, als hätten sie einen Geist berührt.

„Mama, was ist?"

Wortlos ließ sie ein weißes Kuvert mit weißer Prägeschrift vor ihnen auf die Tischdecke gleiten.

„Ei... eine alte Frau hat es mir zugesteckt, als ich von der Toilette kam ..." Aus dem Schimmer in Feodoras Augen war ein fiebriger Glanz geworden. „Was kann er nur wollen?"

Dodo zuckte mit den Schultern und griff nach dem vierten Brief. Einen Augenblick später bekamen sie Folgendes zu lesen:

Sehr geehrte Feodora Fistel,
liebe Dodo, lieber Tammo,

entschuldigt vielmals die Unannehmlichkeiten, in die euch dieser Brief stürzt. Unvorhersehbare Ereignisse haben dazu geführt, dass sich eine Planänderung für das gesamte Unternehmen als unbedingt notwendig abzeichnet. Um Punkt 22.00 Uhr erwartet euch auf dem Promenadendeck (bei den Liegestühlen) ein Mann. Er wird ein kariertes Hemd tragen und eine Ausgabe von ‚Das Herz der Finsternis' mit sich führen. Ihm könnt ihr das Paket anvertrauen. Aber nur ihm! Eurem weiteren Aufenthalt in Schweden steht natürlich nichts im Weg, das sei an dieser Stelle ausdrücklich betont! Genießt die Zeit.

In diesem Sinne wünsche ich euch weiterhin eine gute Reise und verbleibe

mit freundlichen Grüßen

Bogumil

Für Minuten herrschte entsetztes Schweigen an ihrem Tisch. Tammo schüttelte den Kopf, und Feodora war schon wieder den Tränen nahe.

„Es ... es war einfach zu schön, um wahr zu sein ...", murmelte sie und drehte ihr Gesicht in den Schatten. Dodo hingegen machte ihrer Empörung Luft.

„Das ist ja wohl die Höhe! So eine Unverschämtheit! Mama, das kann der nicht mit uns machen! Was soll der Quatsch hier mit diesen unvorhersehbaren Ereignissen? So geht das doch nicht! Der kann uns doch nicht mitten in der Nacht losschicken und dann alles abblasen! Echt nicht! So ein ... so ein ... Oh, so ein unvorhergesehenes Arschloch!“ Sie schlug mit der Faust auf den Tisch, dass sich einige Gäste nach ihnen umdrehten. Beschwichtigend hob Feodora die Hände.

„Nein, Mama! So lass ich mich nicht abservieren! Was ist denn auf einmal aus seiner schönen Hochachtung geworden? Hä? Das möchte ich einmal wissen!“ Dodo kochte. Es hatte sie so große Überwindung gekostet, ihre Bedenken, das Päckchen und den Botengang betreffend, beiseitezuschieben. Und nun sollte all das umsonst gewesen sein? Nein! Da kannte Bogumil Dodo Fistel aber schlecht!

In der Zwischenzeit hatte Tammo den Brief an sich genommen und noch einmal überflogen.

Beim Lesen schob er die Zungenspitze zwischen den Lippen hindurch.

„Ge... – *hk* – genau ...“

Feodora und Dodo drehten sich zu ihm um. Tammo lächelte.

„Das ist es, Dodo! Wo ist sei... – *hk* – seine Hochachtung geblieben?“ Er tippte mit dem Zeigefinger auf den Brief. „In allen anderen Briefen hatte er mit ‚hochachtungsvoll, Bogumil‘ geschlossen! Aber hier?“

Fistels rückten ihre Köpfe über dem Briefbogen zusammen und lasen die letzten Zeilen gemeinsam: „mit freundlichen Grüßen Bogumil“.

„Mi... – *hk* – mit freundlichen Grüßen ...“

Argwöhnisch starrten sie den Brief an. Der lag in seiner weißen, Hand beschriebenen Unschuldigkeit vor ihnen und regte sich nicht. Er lag einfach da. Tammo kratzte sich an der Schläfe, doch nichts passierte. Der Brief lag immer noch. Und mit jedem Herzschlag wuchs Tammos Grinsen in die Breite. Endlich erhellte sich auch

Feodoras Gesicht, sie berührte mit dem Zeigefinger die Kante des Papiers und hauchte: „Keine Asche, das Papier zerfällt nicht ..."

Tammo nickte.

„Aber das bedeutet ..."

„Der Bri... – *hk* – Brief ist eine Fälschung! Wir sind noch im Spiel, Mama! Wir sind noch immer Bogumils Boten!"

„Aber das bedeutet ..."

Tammos Lächeln verlosch. Es bedeutete, dass ihnen die Verfolger bereits im Nacken saßen, vielleicht in diesem Augenblick vom Nachbartisch zu ihnen hinübersahen. Genau das bedeutete es! Das Päckchen war nicht länger sicher! Sie waren nicht mehr länger sicher! Wer auch immer sie verfolgte, er wusste, wo ihr Auto stand und wie sie aussahen. Es war nur eine Frage der Zeit, bis er bei ihnen an die Kabinentür klopfte.

„Mama, wir müssen mit dir reden!"

16. Kapitel

„Bei *Masettos Zunge*!“, fluchte Feodora.

Auf dem Weg zu ihrer Kabine war sie immer noch wütend. Sie mochte einfach nicht glauben, dass ihre Zöglinge wichtige Informationen wie die Begegnung auf *Blau 5* einfach so verschwiegen hatten. Natürlich war sie nun noch beunruhigter. Überall schienen Augenpaare auf ihnen zu ruhen. Hinter jeder Säule glaubten sie eine Glatze aufblitzen zu sehen, und voller Argwohn linsten sie auf jeden Adamsapfel, der an ihnen vorbeistolzierte.

Es war schon halb zehn, als sie endlich vor ihrer Tür standen. Sie wussten nicht weiter. Die Nacht hier zu verbringen, bedeutete, sich den Verfolgern auf einem Silbertablett zu präsentieren. Aber, was sonst? Das Autodeck war verriegelt, und die Restaurants würden irgendwann schließen. Und in den Bars hatten ihre Kinder nichts verloren, beschloss Feodora. Es gab kein

Entkommen! Rings um sie lag die gurgelnde, nachtschwarze Ostsee. Nur in einem Punkt waren sie sich einig: Für diese Nacht würden sie sich nicht voneinander trennen. Das war zu riskant und viel zu gefährlich.

Tammo drehte gerade seine Bordkarte mit der Nummer 7428 in den Fingern, als ihm eine Idee kam. Seinem Gesicht sah man immer sofort an, wenn er eine Idee hatte. Dann schien der ganze Tammo von innen her zu leuchten. Ohne seine Familie vorzuwarnen, stapfte er auf die Kabine mit der Nummer 7432 zu und rechnete leise vor sich hin. Schließlich klopfte er.

„Tammo! Was machst du da? Du kannst doch nicht einfach so bei Wildfremden klo..."

Da öffnete sich schon die Tür, und eine junge Frau streckte ihren Kopf heraus.

„Was ist denn?", fragte sie und lächelte Tammo an. Er schien ihr in seiner Jeans mit den rosa Aufschlägen und den hellen Augen sofort zu gefallen.

„Ha… – *hk* – hallo, ich heiße Tammo!“, begann er und setzte sein liebstes Gesicht auf. „Ich hoffe, ich stö… – *hk* – störe Sie nicht gerade bei etwas Wichtigem! Meine Mutter, meine Schwester und ich, wir hatten da nur so eine dumme Fra… – *hk* – Frage.“

„Ach du je, Tammo, du hast aber einen bösen Schluckauf!“, entgegnete die Frau und beugte sich zu Tammo. „Hast du es schon einmal mit Luftanhalten versucht?“

Tammo lächelte und rechnete. „Aber kla… – *hik* – klar und zwar vor einhundertundvierzig Ta… – *hk* – Tagen, zwölf Stunden und drei Minuten. Etwa …“

Die Frau schlug ihre Hände vor dem Mund zusammen.

„Ist aber nicht so schlimm! Wo… – *hk* – wollte nur fragen, ob Sie sich vorstellen könnten, die Ka… – *hk* – Kabine mit uns zu tauschen? Meine Mutter ist abergläubisch und schläft ni… – *hik* – nicht in Räumen mit ungerader Quersumme.“

Tammo versuchte die Wirkung seiner Worte noch zu verstärken, indem er Achills Mopsblick aufsetzte. Mit durchschlagendem Erfolg! Die junge Frau war dermaßen von Tammos Geschichte gerührt, dass sie ihren Kabinengenossen aufscheuchte und ihm die Situation erklärte. Nach nicht einmal zehn Minuten hatten sie Kabinen und Bordkarten getauscht, und Fistels bezogen die Nummer 7432. Als sie die Tür hinter sich geschlossen hatten, fielen Feodora und Dodo Tammo um den Hals.

„So, so ..., und ich schlafe also nicht in Kabinen mit ungerader Quersumme ...", lachte Feodora und wuschelte ihm durchs Haar. „Du bist mir einer, Tammo ..."

Danach keilten sie die Bettleiter unter dem Türgriff fest und stellten den Mülleimer davor. Sie rüsteten alles für einen eiligen Aufbruch am nächsten Morgen. Um zweiundzwanzig Uhr schließlich hielten sie den Atem an. Ihre Herzen schlugen wie wild in der Dunkelheit. In diesem Moment würde auf dem Promenadendeck ein Mann in kariertem Hemd auf sie warten. Sie stellten sich vor, wie sein Blick immer wieder zur Armbanduhr wanderte. Vielleicht würde er ungeduldig mit den Zähnen knirschen. Vielleicht würde er auf und ab gehen, bis ihm klar wurde, dass Fistels nicht auf den Brief hereingefallen waren. Doch, was würde als Nächstes geschehen? Trotz des mulmigen Gefühls wurde Familie Fistel vom Rhythmus des Wellengangs eingeschläfert. Im Halbschlaf gingen sie ihren Plan nochmal durch. Die Wecker waren auf sechs Uhr gestellt. Sie wollten unter den ersten beim Frühstück sein und sich so lange wie möglich in der Öffentlichkeit aufhalten, wo sie keinen Übergriff zu fürchten hatten. Danach galt es: so schnell wie möglich ins Auto und alle Türen verriegeln! Wie es in Schweden weitergehen sollte, wussten sie nicht. Aber das Bordpersonal anzusprechen, ging auch nicht. Was hätten sie denen sagen sollen? Dass sie mit einem geheimnisvollen Päckchen reisten, welches sie von einem Mann bekommen hatten, der ihnen völlig unbekannt war? Und dass ein Typ mit Glatze und ein Hagerer mit Siegelring sie verfolgten? Das erschien selbst Feodora zu hanebüchen.

„Die würden glauben, wir erzählen ihnen einen Krimi, Kinder. Oder schlimmer noch!“

Sie waren tatsächlich ganz auf sich allein gestellt. So, wie Bogumil es geschrieben hatte. Aber bislang war es Fistels noch immer gelungen, selbst die kniffligsten Situationen zu meistern. Das allein machte ihnen ein wenig Mut. Dodo drehte das Päckchen in ihren Händen und seufzte. Kaum zu glauben! So ein kleines Ding machte so große Umstände. Und wie schon häufig zuvor, zermarterte sie sich den Kopf darüber, was es wohl enthalten mochte. Sie dachte an die von vielen Berührungen aufgeweichten Papierkanten, die Klebestreifen und Siegel.

In dem Gefühl, alles ihrer Macht mögliche getan zu haben, schliefen sie von den Geräuschen der schaukelnden Kleiderbügel und der knarzenden Wandfugen eingelullt, kurz vor Mitternacht ein.

In der dunkelsten Stunde, zwischen drei und vier Uhr in der Frühe, geschah der Überfall. Im Gang vor Fistels Kabine rumpelte es, und wenig später war ein Schrei zu hören. Fistels saßen augenblicklich kerzengerade in ihren Betten. Sie lauschten. Weitere Rufe ertönten, und das Poltern wurde lauter. Dann knallte eine Tür, und Schritte hasteten den Gang hinunter. Aus einer benachbarten Kabine hörten sie gedämpft die Stimme eines Mannes: „Ist alles in Ordnung da draußen?“

Eine Tür wurde geöffnet, dann eine weitere auf der gegenüberliegenden Gangseite. Schließlich schlüpfte auch Dodo aus ihrem Bett und lief barfuß zur Tür. Ihr Kopf war nicht der einzige, der verschlafen auf dem Gang erschien.

„Was war denn?“

Die Tür ihrer eigentlichen Kabine stand sperrangelweit offen, und die junge Frau klammerte sich zitternd an ihren Freund. Der stand in Jogginghosen auf dem Gang und hielt eine Perücke in der Hand. Eine blaustichige Dauerwelle.

„Ich glaub, ich spinne!“, sagte der Mann gerade. „Da schleicht sich so eine Gestalt in unsere Kabine und durchwühlt meine Sachen. Ich wache auf und gebe ihm gleich eine auf die Nuss! Na ja ...“, er lächelt ein wenig stolz. „Und dann versucht er zu türmen! Verfluchter Dieb! Ich greif ihm in die Haare, und – *wusch* – habe ich das hier in der Hand ...“

„Wie ein Indianer ... Er hält die Perücke wie einen Omaskalp.“ Leise verriegelte Dodo die Tür und berichtete ihrer Familie alles haarklein.

Danach war an Schlafen kaum noch zu denken. Wie in einem Karussell irrlichterten die Tages- und Nachtereignisse um sie her: blaustichige Perücken, Zimmernummern, Oberkellner, Adamsäpfel.

Als um sechs Uhr ihre Wecker zu piepen begannen, fühlten sie sich kein bisschen erholt. Mit verquollenen Augen wankten sie einer nach dem anderen in die Dusche und machten sich fertig. Um halb sieben war ihre Habe zusammengepackt. Das Päckchen hatte diesmal Feodora an sich genommen. Jetzt, wo es brenzlig wurde, wollte sie die Kinder aus der Schusslinie heraushalten. Fast bereute sie es, Bogumils Botengang überhaupt angetreten zu haben. Abenteuer schön und gut, aber nächtliche Überfälle und Verfolgungsjagden? So hatte sie sich das ganze Unterfangen dann doch nicht vorgestellt. In was für eine Geschichte waren sie da nur hineingeraten?

Dodo kundschaftete den Korridor aus. Alles, was sie zu hören bekam, waren Schnarchgeräusche aus den Kabinen 7433 und 7429, sonst herrschte Stille auf dem Flur. Vorsichtig lugte sie um die Ecke und stahl sich bis zur Treppe. Nichts. Keine Glatze und kein Adamsapfel. Die Luft war rein. Dodo winkte ihrer Familie zu, und gemeinsam huschten sie dem Frühstückssaal entgegen. Zu ihrem Entsetzen waren die Türen noch verschlossen. Eine Traube Frühaufsteher hatte sich davor versammelt. Eine Frau gähnte, andere Passagiere blickten starr auf die spiegelglatte Oberfläche der Ostsee. Gegen neun Uhr würden sie in *Göteborg* anlegen und von Bord gehen können. Wie es dort weiterging, lag für Familie Fistel ebenso im Nebel wie der morgendliche Horizont. Hinter Schlieren war die Sonne nur zu erahnen, wie ein Glühwürmchen, das in eine Schüssel voll Milch gestürzt war.

Fistels warteten. Dabei fielen Tammo das erste Mal seit langem die Blicke von Menschen auf, die sein Schluckauf zu irritieren schien. An diesem Morgen war ihm jedes Augenpaar unangenehm. Wenigstens erkannte er zwischen den Wartenden keinen ihrer mutmaßlichen Verfolger. Weder der Hagere hatte sich in den Pulk gemischt, noch der Glatzköpfige mit grausilbernem Brillengestell.

Endlich wurde der Speisesaal vor ihnen geöffnet, und die Passagiere strömten an der Kartenkontrolle vorbei. Feodora reichte ihre über den Tresen, und im letzten Moment lief es ihr heiß über das Gesicht. Es waren ja die falschen Karten! Die getauschten Karten von der hilfsbereiten, jungen Frau! Doch bevor sie irgendetwas Erklärendes stammeln konnte, blinzelte der Kellner einmal und sagte nur: „Ein angenehmes Frühstück wünsche ich Ihnen und ihren Begleitern, Fräulein von Möckelspusch!“

Dankbar eilten sie auf das Buffet zu und trugen so viel sie konnten an Brötchen, Rühreiern, gebratenem Speck, Pfannkuchen mit Ahornsirup, Kaffee und Obst zusammen, um sich damit an einen Fenstertisch zu setzen. Wenig später ließ sich das alte Ehepaar vom Vortag am Nebentisch nieder und grüßte freundlich. Dem Mann schien sich ein immerwährendes Lachen in die Augenwinkel eingefaltet zu haben. Am Revers trug er eine Ziernadel mit einem wunderschön verschnörkelten B.

„Tammo, schling nicht so!“, sagte Dodo zu ihrem Bruder, der sich gerade einen ganzen Pfannkuchen, in den Mund zu schieben versuchte. „Wir müssen zeitlupenfrühstücken!“

Wie genau Familie Fistel zeitlupenfrühstückte? Nun, das ist im Grunde genommen furchtbar einfach, vor allen Dingen schauten sie dabei versonnen aus dem Fenster. Und das ausgiebig. Um ihr Frühstück bis zur Ankunft der Fähre in die Länge zu ziehen, kauten sie jeden Bissen zweiunddreißig Mal, rührten ihre Getränke vor jedem Schluck siebzehn Mal links- und dreizehn Mal rechtsherum um und stellten der Reihe nach Rekorde auf im Brötchen-langsam-Aufschneiden. Unterdessen beobachteten sie den Gleitflug der Möwen, welcher diese direkt an ihrem Fenster vorbeiführte. Von Zeit zu Zeit schwenkte einer der windschnittigen Vögel ab und stürzte sich aufs offene Meer. Dort lagen bereits die schwedischen Schärengärten im Nebel. Steinbuckel ragten aus dem Wasser.

„Wie Kni… – *hk* – Knie aus einer randvollen Badewanne.“

Nun ja, … Tammo fand dann doch, dass es eindeutig zu viele Knie für eine einzige Badewanne waren! Jetzt tauchten diese winzigen Felsinseln rings um die Fähre auf: schroffe, graue Buckel, die einzig Farbkleckse von Möwenkot und Flechten abbekommen hatten. Obwohl es Fistels äußerst ernst war mit ihrer Verzögerungstaktik, begann ihnen das Zeitlupenfrühstück Freude zu bereiten. Beinahe wäre es ihnen dabei gelungen, die eigentliche Bedrohung zu vergessen. Doch gerade als Tammo drei weitere Tassen Tee holen gehen wollte, schreckte er zusammen. Wie vom Donner gerührt blieb er stehen. Am Heißgetränkeautomat lauerte der Glatzköpfige, nippte an einer Tasse und blickte über sein Brillengestell zu ihrem Tisch hinüber. Es sah aus, als wäre sein linkes Brillenglas gesprungen, und ein violetter Schatten auf dem Wangenknochen ließ auf eine unruhige Nacht schließen. Der Glatzköpfige stand einfach dort und lächelte wie eine Kobra, der ein Kind versehentlich auf die Schwanzspitze getreten war. Die übrigen Gäste mussten sich an ihm vorbeidrücken und tuschelten ungehalten. Er rührte sich nicht. Sein Blick ruhte starr und kalt auf Familie Fistel.

Tammos Augen huschten zur Flügeltür des Speisesaals, durch die immer mehr Gäste drängten. Er suchte nach einem Fluchtweg! Dann schluckte er schwer. Gleich neben den Obstkörben, nur wenige Meter vom Ausgang entfernt, hatte sich der Hagere aufgebaut. Er kaute an einer Birne und starrte Tammo an. Der Siegelring an seinem Finger blitzte.

„Ma... – *hik* – Mama, sie sind hier."

Nun wollte kein Bissen mehr rutschen, egal wie oft Fistels ihn kauten. Wie Kaninchen in der Falle fühlten sie sich. Im Geiste spielten sie alle Möglichkeiten ihrer Flucht durch, doch immer lief es darauf hinaus, dass sich die Verfolger eines der Kinder schnappen und Feodora das Päckchen abpressen würden.

„Oh, Kinder, sie lauern uns auf! Sie lauern wie *Szylla und Charybdis* … was machen wir nur?“

Bis zu diesem Zeitpunkt war ihr Abenteuer einzig und allein abenteuerlich gewesen, da die Gefahren sich bis auf den Überfall in ihrer Fantasie abgespielt hatten. Doch hier im Speisesaal stand ihnen die Bedrohung auf einmal persönlich gegenüber. Bogumils Boten bibberten.

„Junge Frau, Sie sind auf einmal so blass geworden, ist ihnen nicht gut?“ Der alte Mann vom Nachbartisch hatte sich zu ihnen hinübergebeugt, und auch seine Frau sah von ihrem weich gekochten Ei auf. Feodoras Augen hatte ein feuchter Schimmer überzogen. Ihr Gesicht wies alle Zeichen einer Panik auf.

Diesmal war es Dodo, die die Situation am schnellsten erfasste und sich an das Ehepaar wandte.

„Sehen Sie den Glatzköpfigen da drüben?“, fragte sie und deutete in Richtung des Heißgetränkeautomaten. Das Ehepaar nickte einhellig. „Das ist der Exfreund von meiner Mama. Der Typ will aber einfach nicht kapieren, dass Schluss ist, verstehen Sie?“

Das Ehepaar nickte wiederum, diesmal langsamer.

„Wir haben wirklich alles versucht, um mit ihm zu sprechen! Aber der ist wie taub! Der hört uns gar nicht zu! Schon seit Kiel ist der hinter Mama her. Immer wieder sagt er: ‚Ach Schätzelchen, lass es uns doch noch einmal versuchen! Bitte!‘ Verstehen Sie?“

Das Ehepaar wechselte einen kurzen Blick und sah wieder zu dem Glatzköpfigen hinüber, der sich nicht mehr ganz so wohl in seiner Haut zu fühlen schien. Mit zwei Fingern betastete er die Prellung an seiner Wange.

„Er wollte letzte Nacht sogar in unsere Kabine einbrechen! Mit Gewalt! Stellen Sie sich das bitte vor! Dabei wollen wir doch nur Urlaub machen! Wir wollen ihn nicht sehen, verstehen Sie? Aber er kommt überall hin, wo wir sind. Ich habe schon ein bisschen Angst, muss ich sagen. Und mein Bruder … ja … also, der ist regelrecht verstört! Hören Sie doch! Der wird seinen Schluckauf gar nicht mehr los! Und das alles nur wegen dem da!"

Feodora verfolgte den Redeschwall ihrer Tochter mit wachsendem Erstaunen.

„Aber das ist ja empörend!", sagte der Alte.

„Siehst du Mama, das findet der Herr auch!"

„Junge Frau, wenn wir Ihnen behilflich sein können, so dürfen Sie uneingeschränkt über uns verfügen, nicht wahr, Knöttelchen?"

„Aber selbstredend, Püpsi!", antwortete Knöttelchen und legte Dodo ihre faltige Hand auf den Arm. Und Dodo legte ihre Hand auf die von Knöttelchen.

„Meine Frau war früher nämlich Schauspielerin!", sagte Püpsi und zuckte vielsagend mit den Augenbrauen. „Sogar im Kabarett!"

Während sie weiter miteinander tuschelten, sich ihre Sätze über der Tischplatte ineinander verwoben, löste sich eine schillernde Idee aus dem Wirrwarr und legte sich zuoberst auf die verschränkten Hände. Bis Viertel vor neun frühstückten sie gemeinsam, ohne ihre Verfolger aus den Augen zu lassen. Erst, als sich immer mehr Gäste auf den Weg zum Autodeck machten, wurden sie aktiv.

Plötzlich packte Knöttelchen ihre halb volle Kaffeekanne, erhob sich und wackelte auf den Automaten zu. Der Glatzköpfige stand steif da und starrte immer noch. Obwohl er die alte Frau auf sich zukommen sah, wich er keinen Millimeter beiseite. Er wollte Fistels nicht aus den Augen lassen. Womit er jedoch nicht gerechnet hatte, war, dass Knöttelchen direkt vor ihm innehielt, sich mit dem lauwarmen Kaffeerest übergoss und zu kreischen begann.

„Oh, Sie Flegel, Sie! Passen Sie doch auf! Oh, nein, nein. Schauen Sie, meine schöne Bluse!“

Sofort sprangen ihr einige Gäste zu Hilfe und umringten den Glatzköpfigen. Der fand sich ohne Vorankündigung von einer keifenden Menge eingekesselt, die ihm Vorhaltungen machte, eine Seniorin mutwillig verbrüht zu haben. Wenig hätte gefehlt und auch sein zweites Brillenglas wäre zu Bruch gegangen. Im letzten Moment stürzte ihm der Hagere zu Hilfe.

Unterdessen hatten Feodora und Püpsi die Kinder zwischen sich genommen und den allgemeinen Tumult ausgenutzt, um aus dem Speisesaal zu schlüpfen.

Fistels Flucht stand auf Messers Schneide.

17. Kapitel

Auf *Blau 5* waren die Lampen wieder eingeschaltet worden. Feodora, Tammo und Dodo saßen mit rasendem Puls im Wagen. Gleich nachdem sich Püpsi von ihnen verabschiedet hatte, hatten sie die Türen verriegelt.

„Ein tolles Paar!“, raunte Feodora, um die Stimmung etwas zu heben, und sah dem Alten hinterher. Er ging ganz beschwingt, musste sich jetzt aber erst einmal um seine Gemahlin kümmern.

„Und so schnucklige Kosenamen ...“ Dodo lächelte.

„Du mei... – *hk* – meinst, die heißen gar nicht wirklich so?“

Dodos Lächeln gefror auf ihren Lippen. Nicht wegen Tammos Frage, sondern weil aus der Automatiktür Passagiere aufs Autodeck quollen und die Haartolle des Hageren aus der Menge ragte wie eine Haifischflosse aus der gekräuselten

See. Sein Kopf ruckte nach links, sein Kopf ruckte nach rechts. Schon hatte er sie entdeckt.

Fistels drückten sich in die Sitze. Feodora hatte den Schlüssel bereits ins Zündschloss geschoben. Um sie her setzten sich immer mehr Leute in ihre Autos. Der Strom der Menschen hielt an. Von überall erklangen heitere Stimmen. Die Vorfreude war fast zu greifen. Die Küste! Die Küste war nah! Dort draußen wartete Schweden auf sie! Alle waren guter Dinge, nur Familie Fistel war entsetzt, denn der Hagere kam ohne zu zögern auf ihr Auto zu. Dodo begann zu zittern, und Feodora schluchzte leise. Instinktiv schlang sie die Arme um den Bauch und verdeckte Bogumils Päckchen, welches immer noch in ihrem Hosenbund steckte.

„Was machen wir nur Kinder, was machen wir nur? Ojemine ..."

Ruckartig blieb der Mann vor Feodoras Tür stehen und neigte sein Gesicht zur Seite, bis er ihr genau in die Augen sehen konnte. Feodora kreischte. Der Hagere lächelte ein schmales, blutleeres Lächeln, welches seine Augen nicht erreichte. Mit dem sonderbar gewölbten Siegelring klackte er gegen die Scheibe, leicht und immer wieder in demselben Takt.

„Verschwinden Sie! Hauen Sie ab! Lassen Sie mich und meine Kinder in Ruhe!“, rief Feodora und drückte auf die Hupe. Die Menschen um sie her merkten auf und sahen in ihre Richtung.

„Tzz ... tz ... *don't* ...“, flüsterte der Mann und ließ seine Jacke für einen Moment aufschwingen. Irgendetwas Dunkles, Bedrohliches hing in einer Halterung unter seiner Achsel. Der Griff einer Pistole etwa?

„*Głupiec!* Dummkopf! *Don't be so silly!*“

Tammos Kehle schnürte sich zusammen. Seine Augen blickten starr auf die Ausbeulung der Jacke.

„Hilfe! Ist denn niemand da, der uns helfen kann?“ Feodoras Stimme überschlug sich. Und in dem Moment, als ein Fahrgast an Fistels Auto herantrat, richtete sich der Hagere auf, legte die

Kuppe seines Zeigefingers an die Scheibe und ging davon.

„Don't mind lads! Alles o.k.! *I thought it was a dear old friend of mine!* Mein Fehler! *So sorry!* Tut mir wirklich leid!"

Das nächste, worauf sich die Kinder konzentrieren konnten, war das Geräusch der Ladeklappe, die im Hafen von *Göteborg* herabgelassen wurde. Endlich! Ein Hafenarbeiter stapfte auf sie zu und winkte. Motoren wurden angelassen. Feodora zitterte immer noch, alle Farbe war aus ihrem Gesicht gewichen. Dann waren sie an der Reihe. Langsam fuhren sie die Metallrampe hinab und auf das Hafengelände. Sie wussten genau, dass sich ihre Verfolger in einem der Autos hinter ihnen befinden mussten. Immer wieder schauten sie sich um. Da! Der dunkle Volvo, vier Autos entfernt! Saß darin nicht der Hagere? Blitzte dort nicht der Siegelring am Lenkrad auf? Feodora war verzweifelt und den Tränen nahe. Wie sollten sie die nur abhängen? Irgendwo würden sie sich denen stellen müssen!

Doch wie durch ein Wunder kam ihnen Glück oder etwas noch Unbegreiflicheres zu Hilfe. In jedem Fall passierte das Unglaubliche gerade in dem Moment, als sie im Begriff waren, die Zollkontrolle zu passieren. Durch die Heckscheibe sah Tammo, wie ein grüner Kleinwagen aus der Schlange ausscherte und dem dunklen Volvo krachend in die Seite fuhr. Einfach so. Ohne Warnung. Ohne zu bremsen. Airbags pufften auf. Ungläubig richtete sich Tammo auf. Hinter dem Unfall staute sich sofort der Verkehr, und Uniformierte stürzten auf die beiden Wagen zu. Aus dem Volvo stiegen in diesem Augenblick der Hagere und der Glatzköpfige. Von ihrer reptilienhaften Gelassenheit war nichts mehr zu spüren. Ihre Köpfe leuchteten hochrot, der Glatzköpfige schlug auf die Motorhaube des grünen Wagens ein, als sich dessen Fahrertür öffnete. Niemand anderes als Püpsi stieg aus und lehnte sich wackelig gegen den zerbeulten Kotflügel. Seine Haare flatterten im Wind, und er schlug die Hände vor dem Mund zusammen.

„Mama, es wa... – *hik* – war Püpsi!“

„Was?“

Nun drehten sich auch Feodora und Dodo um, die von dem ganzen Spektakel nur den Knall mitbekommen hatten. Immer mehr Menschen liefen zusammen. Ein regelrechter Tumult entstand, denn überall auf der Rampe und im Bauch der Fähre begannen die Autos zu hupen. Alles konzentrierte sich auf die Unfallwagen. Und während Püpsi mit Fistels Verfolgern diskutierte, senkte sich langsam die Scheibe auf der Beifahrerseite und Knöttelchens Gesicht tauchte aus den Faltenwülsten des Airbags auf. Vergnügt lächelte sie, und es schien Dodo, als würde sie ihnen sogar kurz zuwinken.

„Kinder, schaut mal! Knöttelchen!“

„Kabarett, Mama!“

„Was? Habt ihr nicht die alte Frau gesehen?

Dodo? Tammo? Habt ihr Knöttelchen etwa nicht erkannt? Wir müssen ihnen helfen! Sofort helfen! So etwas Schreckliches ist passiert! Ein Unfall – ausgerechnet jetzt!“ Feodora hatte bereits den Rückwärtsgang eingelegt.

„Mama, fahr!“

„Was?“

„Fahr jetzt! Kapier doch endlich, die beiden haben unsere Verfolger aufgehalten, damit wir entkommen können, Mama! Jetzt fahr, bitte!“

Feodora drehte sich zu Dodo um, deren ganze Haltung vor Dringlichkeit bebte. Ihr Blick wanderte zurück zur Fähre. Durch die Bewegung spürte sie, wie Bogumils Päckchen gegen ihre Rippen drückte.

„Aber ...“

Dodo schüttelte nur den Kopf. Dann legte Feodora ihre Hände ans Lenkrad und drückte aufs Gas.

18. Kapitel

So hatten sie sich ihre Ankunft in Schweden wahrlich nicht vorgestellt. Während Dodo sie mit Hilfe der Straßenkarten aus *Göteborg* herauslotste, hielt Tammo den Verkehr im Auge. Minuten vergingen, eine halbe Stunde verstrich, aus der halben Stunde wurde eine ganze. Tammos Nerven lagen blank. Wie sollte es ihm nur gelingen, hier nach einem dunklen Volvo Ausschau zu halten? Jedes zweite Auto war ein dunkler Volvo. Trotzdem war er sich nach einer Weile so gut wie sicher, dass ihnen niemand mehr folgte. Sie hatten die Jäger abgehängt.

„Ich fasse es nicht ...“, stotterte Feodora. „Warum waren Püpsi und Knöttelchen bloß so hilfsbereit? Die haben sich doch ihren gesamten Urlaub ruiniert! Und ihr Auto noch dazu! Hach Kinder, ich fasse es nicht!“

Tammo und Dodo sahen sich an.

„Mama ...“

„Hm?“

„Mama, ich glaube nicht, dass die beiden Urlaub machen wollten.“

„Was meinst du damit, Dodo?“

Dodos Finger tippte auf die Karte, die in ihrem Schoß ausgebreitet lag. Er wies auf den Punkt, wo sich die Nordautobahn der Küste von *Bohuslän* anschmiegte, um dann ins Landesinnere abzubiegen. Das war auch ihr Weg.

„Was ich damit meine, Mama? Hast du denn Püpsis Nadel an der Jacke nicht gesehen? Den verschlungenen Buchstaben?“

Tammo nickte im Rückspiegel.

„Darauf habe ich nicht geachtet, ich war zu sehr ... Was willst du damit überhaupt sagen, Dodo?“

Dodo legte ihrer Mutter die Hand auf den Unterarm.

„Ich glaube, die beiden waren in Bogumils Auftrag an Bord. Sie sollten uns helfen, wenn es zu heikel würde. Und ... und ich werde das Gefühl nicht los, dass Bogumils Päckchen sehr viel wertvoller ist, als wir bisher gedacht haben!“

„Was? Jetzt spinnst du aber!“

„Überleg doch mal, Mama. Die beiden haben sich zu uns an den Tisch gesetzt, nicht wahr? Und Püpsi hat uns angesprochen, oder etwa nicht? Einmal ganz abgesehen von Knöttelchens schauspielerischer Leistung mit dem Kaffee! Das ... das war ...“

„Äußerst überzeugend!“

Tammo lachte und bemerkte, wie sich auch um Feodoras Augen ein Lächeln zusammenzog. Wieder schwiegen sie eine Weile.

„Kinder ... ich weiß nicht mehr, in was wir da hineingeraten sind. Ich weiß es einfach nicht ... Bogumil und die Verfolgung und ... ach! Manchmal frage ich mich, ob es nicht besser gewesen wäre, auf den gefälschten Brief hereinzufallen und das Päckchen noch an Bord zu übergeben.“

„Aber, Ma... – *hik* – Mama! Wir haben es doch fast geschafft!“

„Genau, Mama! Wir müssen nur noch bis zu unserem Häuschen im Wald finden und auf Egil Schnurpel warten!“

„Linker Oberarm, innen …“, murmelte Feodora automatisch.

„Aber, Kinder! Wenn uns diese … diese Typen mitten im Wald aufstöbern, und wir sind ganz allein! Was denn dann? Ich will euch nicht in Gefahr bringen, das mache ich nicht, Dodo! Das mache ich einfach nicht! Versteht ihr? Vorher bringe ich das Ding höchstpersönlich zur Polizei, und dann ist gut!“

Wieder schwiegen sie.

„Autoreifen hinterlassen doch keine Spuren auf der Straße, Mama. Und du hast selbst gesagt, dass es hier viele Seen gibt und noch sehr viel mehr Wald! Wie sollen uns die Typen denn da noch aufstöbern – mit dem Vorsprung, den wir haben? Die kennen doch nicht einmal unsere Karte! Wir selbst wissen ja kaum, wo wir hin müssen!“

Feodora überlegte angestrengt. „Also gut. Ich gebe diesem Egil zwei Tage, danach bringe ich das Päckchen zur Polizei."

Die Kinder spürten genau, dass es Feodora ernst war. Sie hatte ihren Entschluss gefasst und in Stein gemeißelt. Mit einem Schulterzucken kurbelte Dodo ihr Fenster herunter und ließ den milden Fahrtwind herein. Nachdem der Morgen auf dem Meer noch diesig begonnen hatte, herrschte mittlerweile schönster Sonnenschein. Ein paar Häufchenwolken durchsegelten das Blau über ihren Köpfen und warfen bauschige Schatten auf die Wiesen und Hänge längs der Straße. Und je weiter sie fuhren, desto merklicher veränderte sich die Landschaft.

„Da? ... ach, nein ...", murmelte Tammo auf dem Rücksitz.

Anfangs erinnerte alles ein wenig an Norddeutschland, doch mit jedem Kilometer, den sie auf *Uddevalla* zuhielten, wurde es schwedischer, oder *lindgrener*, wie Feodora sich ausdrückte. Sie fuhren an verstreuten Weilern vorbei, rote Holzhäuser standen dort, beschattet von alten Bäumen. Schon aus der Ferne blinkten die weißen Giebelblenden auf. Kuhweiden und Felder säumten die Straße. Blühende, wilde Wiesen! Erste Seen schmiegten sich in Mulden und Täler. Der Wald wurde dichter.

„Hm ... do... – *hk* – doch nicht", murmelte Tammo wieder.

Dodo verglich die Landschaft mit dem, was sie auf der Karte erkennen konnte. Von Zeit zu Zeit gelang es ihr sogar, einem See einen Namen zuzuordnen. Doch nichts, was sie aus dem Autofenster sehen konnte, war dem *Vänern* vergleichbar. Im Osten lag ein gewaltiges Blau mitten auf der Karte. Und während Dodo mit der Fingerkuppe die Kante des Sees abfuhr, war es, als würde sich ihre Angst häuten und dabei immer kleiner werden. Die Bedrohung schrumpfte im Fahrtwind: Bedrohung, -edrohung, -drohung, -rohung, -ohung, -hung, -ung ...

Und Tammo murmelte: „Hm … ne … ne …“

Hinter *Uddevalla* schließlich verließen sie die Autobahn und folgten den kleineren Landstraßen Richtung Norden. Weiter ging die Fahrt über *Torsby, Heden* und *Bengtsfors* in ein Gebiet hinein, wo die Namen aufhörten.

Hier hatten sie die Landschaft der Trümmer und Findlinge erreicht. Nackter Fels lag da und dort zwischen Moospolstern und Kiefernwäldern, wie die entblößte Schulter einer schlafenden Riesin. Sie atmeten tief durch.

Etwas Sonderbares hatte es mit dieser Landschaft auf sich. Sie war rau und weich zugleich. Es gab keine scharfen Kanten, alles schien wie von gewaltiger Hand glatt geschmirgelt. Man spürte selbst nach zigtausend Jahren noch den Druck und die Leidenschaft und die Zeit. Gletscher hatten dies alles geformt, den Fels geschliffen, Seen und Täler hinter sich zurückgelassen. Es war eine uralte Landschaft, durch die Fistels fuhren.

„Da? Wohl doch nicht ...“, murmelte Tammo wieder.

Die Dörfer wurden kleiner, windschiefe und knorrige Kiefern standen auf Felsinseln im See. Birkenwälder schlossen sich an, Moore mit weiten Ebenen von Heidekraut. Und über den Dingen lag ein Licht, das diese zu streicheln schien.

„Was murmelst du da eigentlich die ganze Zeit, Tammo?“, fragte Feodora.

Tammo lief rot an und kniff die Augen zusammen. „Na, i... – *hk* – ich suche doch Elche!“

Feodora und Dodo lachten.

„Kein Glück, Tammo?“

Er streckte ihnen die Zunge raus und drehte sich beleidigt zur Seite.

„Und Bären und Wö... – *hik* – Wölfe auch nicht!“ Seine Stimme hatte einen vorwurfsvollen Ton angenommen.

„Wirklich blö... – *hk* – blöd, dein Buch!“

Dodo jedoch lächelte nur und ließ ihre Hand aus dem Fenster baumeln, dass ihr der Wind durch die Finger pfiff. Mit jeder Sekunde wurde der Zauber des Landes dichter. Sommerferienherzgegend.

So wie aus der Autobahn eine Teerstraße geworden war, wurde aus der Teerstraße schließlich eine Schotterpiste und aus der Schotterpiste nun, am Ende ihrer Reise, als sich Dodos Zeigefinger so weit der Markierung auf der Karte genähert hatte, dass kein Bleistift mehr dazwischen passte, ein Waldweg. Vor zwanzig Minuten waren sie an dem letzten Dorf mit einem *Lanthandel* und einer Tankstelle vorbeigekommen, seitdem hatte sie der hügelige Wald verschluckt und in seinen Tiefen vor jedem unliebsamen Auge verborgen. Schweden hatte sie aufgenommen.

„Hier müsste es eigentlich sein …", raunte Dodo. „Irgendwo hier geht ein Pfad in den Wald ab, und da liegt das Haus."

Feodora und Tammo suchten den Wegrand ab, doch wohin sie auch blickten, überall sahen sie nichts als Wald.

„Bist du dir ganz sicher?“

„Todsicher, Mama! Dort vorne geht es weiter Richtung Norden, doch wir müssen hier hin. Genau hier hin!“

Feodora schaltete den Motor ab und ließ sich in die Polster zurücksinken. Es fröstelte sie plötzlich. Was, wenn es das Haus überhaupt nicht gab? Was, wenn sich Bogumil einen bösen Streich mit ihnen erlaubt hatte?

Die Kinder öffneten zuerst ihre Wagentüren und traten auf den Weg. Es war völlig still um sie her, so still, dass sie nur das Ticken des abkühlenden Motors hörten. Kein Vogel zwitscherte, kein Flugzeug war zu hören. Nichts! Nur ihr Atem und das Knistern des Wagens. Es war unheimlich. Tammo machte ein paar Schritte. Tief atmete er ein und schmeckte die Luft. Er legte seinen Kopf in den Nacken und sah in den Himmel. Die Sonne wärmte ihm das Gesicht und weit oben konnte er die Silhouette eines Raubvogels kreisen sehen.

„Hier!“ Dodos Stimme klang trotz der Entfernung ganz aufgeregt. Sie war einige hundert Meter den Waldweg zurückgegangen und winkte nun.

„Mama! Tammo!“ Ihr Gesicht strahlte. „Hier ist es! Hier geht es in den Wald!“

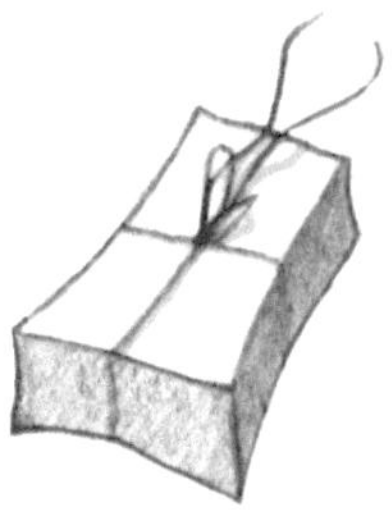

19. Kapitel

Feodora wendete den Wagen und fuhr in Schrittgeschwindigkeit auf Dodo zu. Tammo lief nebenher. Nach Sitzen war ihm nun gar nicht mehr zumute. Als sie Dodo erreicht hatten, erkannten sie tatsächlich einen schmalen Pfad, der sich zwischen den Bäumen hindurchschlängelte. Das Unterholz war zur Straße hin so dicht, dass es keinen von ihnen wunderte, beim ersten Mal daran vorbeigefahren zu sein. Tammo und Dodo liefen vor dem Auto her, sprangen über Wurzelstränge und folgten dem Pfad ins Innere des Waldes. Der Boden war trocken und steinig. Es duftete nach warmer Borke und dunkler Erde. An die Kiefern und Fichten schloss sich ein freundlicher, lichtdurchfluteter Birkenwald an, in dem Blaubeerbüsche wuchsen. Und es ging stetig bergan. Fast einen ganzen Kilometer stapften sie durch Wolken schwebender Kriebelmücken, bis vor ihnen eine Hausflanke rot aufflammte.

Sie waren am Ziel! Feodora fiel ein Stein vom Herzen. Gleich hinter dem Haus parkte sie den Wagen, sodass er vom Weg aus nicht gesehen werden konnte. Danach hörten selbst die letzten Geräusche auf.

Mindestens so stumm wie hingerissen stand Familie Fistel nebeneinander, vor sich das Holzhaus, schräg versetzt dahinter der Schuppen mit dem Plumpsklo. Die Gebäude waren klein und rot gestrichen. Vereinzelte Birken standen auf der Lichtung und unmittelbar hinter dem Schuppen begann der Wald. Alles wirkte einladend und hell, das Gras stand hüfthoch. Feodora traten Tränen in die Augen.

„Kinder, das ... es ist ...“ Sie schüttelte den Kopf und wischte sich mit dem Handrücken unter der Nase entlang. Bienen schwirrten aus der Blumenwiese auf und umrundeten die Neuankömmlinge. „Es ist ... so ... schön ...“

Dodo öffnete den Briefumschlag mit den Reiseunterlagen. Der Schlüsselbund rutschte in ihre Hand.

„Wollen wir?“ Ihre Augen lachten. Dann gingen sie auf die Holzveranda zu. Bei jedem Schritt knarrten die Bretter und zartgliedrige Eidechsen jagten davon, um sich in den Ritzen zu verbergen.

Dodos Finger zitterten, als sie den Schlüssel umdrehte und die Tür aufschwang. Dahinter lag ein Flur, in dem eine Karte der Umgebung hing und von dem drei weitere Türen abgingen. Links gab es ein Badezimmer. Die Tür rechts führte in ein geräumiges Wohnzimmer mit Ausziehcouch, Kamin und Bücherregalen. Tammo eilte ins Zimmer und zog die Jalousien hoch. Sofort ergoss sich strahlendes Mittagslicht bis in die letzten Winkel und forderte Milliarden feinster Staubkörnchen zum Tanz auf. Mit den Fingerkuppen fuhr Tammo über die Fensterrahmen, über kleine Mulden im Holz. Schließlich blieb noch die dritte Tür, die geradeaus in eine Küche mit angrenzender Schlafkammer führte. Überall zogen die Kinder nun die Jalousien hoch und fluteten das Schwedenhaus mit Licht und flirrendem Goldstaub.

Feodora schlug das Herz bis zum Hals. Schweigend war sie an den Küchentisch getreten und hatte einen Streifen Papier aufgehoben, der wie zufällig dort lag. Schniefend überflog sie den Zettel und setzte sich. Die Kinder schauten ihr über die Schulter und begannen zu lächeln. Auf den Streifen war nur ein einziges Wort mit Schreibmaschine getippt:

Willkommen!

„Willkommen ... oh, Bogumil ...“ Erst jetzt, als sie dies lasen, schien das Haus sie begrüßt zu haben. Verrückt, dass manche Dinge ausgesprochen werden müssen, bevor man sie richtig begreift. Fistels waren willkommen in diesen Räumen. Für drei Wochen sollten sie hier zu Hause sein. Mit einer beiläufigen Handbewegung zog Feodora das Päckchen hervor und platzierte es mitten auf dem Tisch. Dort lag es und zog ihre Blicke an wie ein Strudel, der unachtsam dahin treibende Papierschiffchen verschlang. Dodo kam es vor, als wäre das Päckchen größer geworden. Vielleicht lag es an dem wuchernden Geheimnis, welches es umgab. Nur schwer konnten sich Fistels von dem Tisch lösen, um endlich das Haus unter die Lupe zu nehmen.

Welchen Raum sie auch betraten, überall ächzten uralte Holzdielen. Der Kühlschrank quoll förmlich über von Lebensmitteln. Dort fanden sie Milch, Butter, Eier, Kartoffeln, Karotten, Zwiebeln, Käse, Fleischbällchen, ein Glas Preiselbeeren und eine Tube Senf. Wie Bogumil es in seinem Brief angekündigt hatte, war alles für die ersten Tage da. Alles war so, wie er es versprochen hatte! Und das gab ihnen ein gutes Gefühl, ein Gefühl von Sicherheit, welches bei der Verfolgungsjagd auf der Strecke geblieben war.

Die nächsten Stunden waren Tammo, Dodo und Feodora damit beschäftigt, ihre Habseligkeiten auszupacken. Und mit jedem Paar Socken, das sie verteilten, fühlten sie sich ein bisschen heimischer.

Noch während Feodora die Küchenschränke öffnete und wieder schloss, alle Pfannen und Töpfe und Tiegel aus- und wieder einräumte, stand Tammo am Wohnzimmerfenster und konnte seine Aufregung nicht länger im Zaum halten.

„Ma... – *hik* – Mama, muss raus! Sonst platz ich!"

Feodora lachte.

„Ist gut, Tammo! Lauf schon, ich kümmere mich in der Zwischenzeit um unser Mittagessen!"

Plötzlich hörten sie ein Rumpeln aus dem Schlafzimmer.

„Moment!" Das war Dodos Stimme. „Moment, Tammo! Ich komm mit!"

Dann stürmten die Kinder aus dem Haus und über die Veranda. Den Eidechsen blieb gar nichts anderes übrig, als auf ihrem sonnenwarmen Fleckchen hockenzubleiben. Verärgert wippten sie mit ihren Köpfen und züngelten den Kindern hinterher.

Das erste, was Tammo und Dodo auskundschafteten, waren Hängemattenbäume, an denen Seile und Karabiner befestigt waren. Danach entdeckten sie im Schuppen einen Vorrat Spaltholz, zwei Fahrräder und einen staubigen Wandschrank. Als sie dessen Tür aufzogen, fielen ihnen bereits die Angeln entgegen. Außerdem fanden sich dort ein Fernglas, ein Kescher sowie eine Kiste voll bunter Kunstköder. Tammos Augen bekamen einen satten Glanz beim Anblick all der Herrlichkeiten.

„Du, Dodo?“

„Hm?“

„Woll’n wir mo... – *hk* – morgen angeln gehen?“

Dodo hielt sich den Kescher vors Gesicht und grinste. „Wollte ich dir gerade vorschlagen, Brüderchen!“

„Und Pilze suchen?“

Sie nickte.

„Und Elche finden und Bla... – *hk* – Blaubeeren pflücken?“

Dodo überlegte. „Wie wäre es, wenn wir jetzt schon mal ein paar Beeren sammeln gehen? Dann gibt es heute Abend Blaubeerpfannkuchen mit krispelnder Zuckerkruste!“

Tammo schlug die Hände zusammen vor Begeisterung. Der Plan war gefasst. Gleich liefen sie zum Küchenfenster und ließen sich von Feodora Plastikschüsseln herausreichen.

„Kinder, wofür braucht ihr die denn?“

„Für Blaubeeren!“, antwortete Dodo.

„U... – *hk* – und Elche!“

Weit brauchten die beiden gar nicht zu gehen. Die ersten Beerensträucher wuchsen gleich hinter dem Haus, dort, wo der Hügel zum Wald hin abfiel. Kaum, dass sie sich zehn Meter ins Unterholz vorgewagt hatten, waren sie auch schon von duftender Wildnis umgeben. Und je näher sie dem Fuß des Hügels kamen, desto weicher wurde der Boden. Ihre Schritte federten auf Moospolstern, und die Erde schmatzte, wenn sich ihr Schuh aus einer morastigen Stelle löste. Mit einer Hand schoben sie taufeuchte Büsche auseinander, mit der anderen zupften sie die Beeren aus dem Laub. Sie bückten sich und pflückten. Beeren über Beeren kullerten in die Schüsseln. Ihre Finger und Mundwinkel waren schon ganz violett vom frischen Blaubeersaft. Dabei war Tammo eine Sekunde lang unachtsam und erschlug eine Stechmücke auf seiner Stirn, ohne daran zu denken, wie blauschmierig seine Hände waren. Dodo musste einfach lachen. Deutlich konnte man die Abrücke von drei Fingerkuppen auf Tammos Stirn erkennen. Blaubeerblaue Fingerabdrücke!

Nach einer halben Stunde machten sie sich mit vollen Schüsseln auf den Rückweg. Am Rand eines umgestürzten Baumes stieß Tammo schließlich auf etwas Eigenartiges. Gleich neben dem aufragenden Wurzelteller fand er Tierstapfen und ein Bett frischer Köttel. Fast hätte er seine Schüssel über dieser Entdeckung fallen lassen, so fasziniert war er.

„Do... – *hk* – Dodo! Schau mal, Dodo! Ob das ein Elch war?“

Sie runzelte die Stirn, besah die daumendicken Kügelchen und schätzte die Entfernung zu ihrem Haus ab. Weniger als hundert Meter.

„Entweder das oder ich möchte den schwedischen Hasen lieber nicht über den Weg laufen ...“

„Oh, Mann, Dodo! We... – *hik* – wenn wir das Mama erzählen! Stell dir mal vor! E... – *hk* – Elche und so nah!“

Und Dodo stellte es sich vor.

Feodora hingegen freute sich mit Tammo über die Blaubeeren und die Elche. Schließlich gehörten die zu Schweden wie Zimtwecken und Knäckebrot. Überhaupt waren Elche in Feodoras Vorstellung nicht viel mehr als große Rehe mit Schmolllippe. Es bestand also kein Grund zur Beunruhigung.

In der Zwischenzeit hatte ihre Mutter Bratkartoffeln mit Fleischbällchen zubereitet und den Küchentisch gedeckt. Bogumils Päckchen lag neben den Tellern, als sie sich hinsetzten. Die frische Luft hatte sie hungrig gemacht. Sie verschlangen die Kartoffeln und tunkten Fleischbällchen in Preiselbeersoße. Hin und wieder berührte dabei ein Finger das Packpapier und zuckte zurück. In der neuen Umgebung wirkte ihr Botengang auf einmal gar nicht mehr so bedrohlich. Die Sonne schien, das Essen duftete und alles hätte so einfach sein können. Wenn sie die Augen schlossen und die Wärme auf dem Gesicht spürten, kam es ihnen vor, als wären sie nur hier, um Urlaub zu machen.

Nach dem Essen suchten Fistels dann die Hängematte und legten sich unter die Birken. Sie dösten den Nachmittag über und taten nichts. Nun, nichts ist vielleicht nicht ganz richtig gesagt. Die drei schauten aus dem Gras auf in den Himmel und in die Zweige über ihren Köpfen. Sie folgten dem Flug eines Schmetterlings und zerrieben die Blüten von Johanniskraut zwischen den Fingern. Abgesehen davon taten sie nichts weiter. Nichts weiter außer von Zeit zu Zeit einen tiefen Seufzer auszustoßen. Doch mehr passierte wirklich nicht. Ehrenwort. Erst als der Abend nahte und sich immer häufiger Stechmücken auf ihnen niederließen, beschlossen sie, die Pfannkuchen zu backen und dann schlafen zu gehen. Im Tal sammelte sich Abendnebel, und das Birkenlaub lispelte leise. Die tiefstehende Sonne tauchte den Hügel in ein Licht, das alles Traurige und Grüblerische in einem Prickeln aufzulösen schien. Einen Moment lang verharrten sie noch auf der Veranda und blickten über den Wald. Tammo fühlte sich so leicht, dass er gar nicht mehr recht wusste, ob seine Zehen die Bretter noch berührten. Am liebsten hätte er seine Arme ausgebreitet, um mit den Eidechsen durch das Licht zu schweben, sich hoch über den Wipfeln auf den Bauch zu drehen und auf die Nacht zu warten.

Nach dem Abendessen war ans Schweben nicht mehr zu denken. Sie hatten so viele Beeren gesammelt, dass es für jeden einen mächtigen Pfannkuchen gab. Die Zuckerkruste knirschte bei jedem Bissen. Mit blauen Lippen und dicken Bäuchen schafften sie es gerade noch, sich von den Stühlen gleiten zu lassen. Den Abwasch verschoben sie auf morgen. Feodora gab ihnen einen Kuss auf die Stirn und zog sich mit dem Päckchen ins Schlafzimmer zurück. Tammo und Dodo wollten im Wohnzimmer auf der Ausziehcouch schlafen und bereiteten ihr Nachtlager.

Doch ans Schlafen war noch lange nicht zu denken, obwohl sich die Nacht wie ein seidiger Vorhang über dem Haus geschlossen hatte. Nebeneinander hockten sie auf der Kante, hatten die Fensterflügel aufgeschoben und sich auf die Ellbogen gestützt. Abendluft wehte ihnen entgegen. Abgesehen vom Rascheln von Feodoras Bettdecke im Nebenraum war kein menschlicher Laut mehr zu hören. Nur noch die Natur flüsterte: Ein unsichtbarer Flügelschlag, ein Fiepen unterhalb des Fensters im Gras, ein Knistern im Unterholz. Dodo stellten sich die Haare auf den Unterarmen auf. Der schwedische Nachthimmel wirkte irgendwie aufgeraut und heller als zu Hause. Keine Straßenlaterne, kein Nachbarhaus war zu sehen, nur atmender Wald.

„Bin heilfroh, dass ich nicht mehr aufs Klo muss. Jetzt da raus und ganz allein bis zur Plumpse ... nee du ...“

Tammo gluckste.

„Alles ist so anders hier ...“, begann sie nach einer Weile wieder. „Findest du nicht auch?“

„Hm?“

„Na, ich meine – so ruhig und friedlich. Keine Straße vor dem Fenster, keine Kümmelfischs und erst recht kein Arschklops ...“

„Hm“, machte Tammo und hickste leise.

„Ich finde, wir sollten unbedingt auf Egil Schnurpel warten ... nicht nur zwei Tage ...“

„Ähm ...“

„Das wäre auch für Mama besser. Zu Hause wartet doch nur das Arbeitsamt, aber hier ... hier sind wir Bogumils Boten. Ich will nicht, dass wir die Chance vertun, Tammo. Mama meint es zwar gut, weißt du? Sie hat Angst um uns, aber wir können doch prächtig auf uns selbst aufpassen, nicht wahr? Ich meine, wer ein Pilzepinkeln für seine Feinde veranstaltet, der wird noch mit ganz anderem fertig ...“

„Hm“, machte Tammo, legte seinen Kopf auf den Unterarm und sah zu den Sternen auf. Dodo folgte seinem Beispiel, ihre Lippen öffneten sich leicht.

„Wahnsinn! ... Ich glaube, ich habe noch nie so viele Sterne gesehen!“

Aus dem Nebenraum drang jetzt das leise Schnarchen ihrer Mutter. Und über ihren Köpfen breitete sich der nördliche Himmel in einer Klarheit aus, die ihnen den Atem nahm. Uraltes Licht funkelte über den Wipfeln. Und da der nächtliche Himmel so ungestört von menschlichen Lichtquellen war, konnten sie selbst entfernte Sternenhaufen am Rand der Unermesslichkeit ausmachen. Plötzlich zischte eine Sternschnuppe über ihr Staunen, hell und klar wie ein Wunschkratzer auf dem Spiegel der Zeit.

„Tammo! Hast du die Schnuppe gesehen?"

„Ha... – *hk* – habe ich!" Seine Stimme klang glücklich und müde.

„Und? Hast du dir was gewünscht?"

„Klar und du?"

„Verrat ich nicht ..."

Wieder schwiegen sie und schauten in die Nacht. Tammo ließ sich zurückgleiten und verschränkte die Arme hinter dem Kopf. Und Dodo ließ ihre Gedanken schweifen, damit sie wie Ballons zu den Sternen aufsteigen konnten. Sie dachte große Gedanken über das Leben. Wie doch eigentlich alles ein Botengang ist, bei dem man weder den Absender, noch den Empfänger kennt ... Die Sterne schienen ihr aufmerksam zu lauschen. Zumindest widersprachen sie nicht.

„Ist das nicht fantastisch, Tammo?“, flüsterte sie und richtete sich auf. Die Nachtluft war kalt geworden, und ihr Kopf fühlte sich so leicht an wie selten zuvor. Doch ihr Bruder gab keine Antwort.

„Tammo?“, hauchte sie und drehte den Kopf. Ihr kleiner Bruder hatte sich neben ihr zusammengerollt und war eingeschlafen. Leise schloss sie die Fenster, deckte ihn zu und streckte sich ebenfalls aus. Dodo lächelte. Ihre Bettdecke war kühl, als sie sie bis zum Kinn hochzog und die Beine durchstreckte. Dann fielen auch ihr die Augen zu.

20. Kapitel

Am darauffolgenden Morgen erwachten Tammo und Dodo sehr zeitig. Bevor sich die Sonne ganz vom Horizont lösen konnte, schien ihr unterer Rand für einen Sekundenbruchteil im Blätterdach haften zu bleiben und wie Honig Fäden zu ziehen. Barfüßig schlichen die Kinder durch die Küche und lugten ins Schlafzimmer. Feodora schlief noch. Sie lag auf dem Bauch und hatte sich frei gestrampelt. Ihre Haare standen wie jeden Morgen in alle Richtungen ab. Unter ihrem Kissen lugte eine Ecke des Päckchens hervor. Feodoras Kammer lag im Halbdunkel, durch die Jalousienspalten fielen Streifen Morgenlicht auf das Plumeau.

Behutsam ließen sich die Kinder auf der Bettkante nieder und flüsterten ins Haargeflecht, dort hinein, wo sie ein Ohr vermuteten: „Mama ..."

Ein Grunzen ertönte aus den Tiefen des Kissenbezugs.

„Mama, wir wollten ein paar Pilze sammeln gehen, für heute Mittag."

Wieder drangen einige Laute aus dem Kissen. Mit etwas Fantasie klangen sie nach Zustimmung.

„Es stört dich doch nicht, wenn wir das Auto nehmen, oder?"

Da schnellte Feodoras Kopf in die Höhe, und sie rollte sich ächzend zur Seite.

Die Kinder lachten.

„Ihr seid so fies ... lasst ... lasst mir doch noch ein Viertelstündchen ..."

Dodo schob ihr die Decke wieder bis zu den Schultern hoch. Es war ratsam, Feodora schlafen zu lassen, wenn sie grummelig war.

„Nur noch ... noch ein Viertelstündchen ..." Sie drehte ihr Gesicht zur Wand und war auch schon wieder eingeschlafen.

Leise zogen sich die Kinder an, suchten ihre Gummistiefel aus dem Kleiderschrank und verließen das Haus. Das Geländer der Veranda war mit Tau überzogen, die Grashalme glänzten. Spinnennetze tauchten aus der Wiese auf wie dicht mit Diamantsplittern überzogene Segel. In ihrem Zentrum saß die Kreuzspinne mit steifen Gliedern und wartete auf den ersten, wärmenden Sonnenstrahl.

Tammo fiel auf, wie leicht sich die Luft atmen ließ, man konnte sie regelrecht schlürfen! Die Kinder hatten beschlossen, den Waldweg nach Pilzen abzusuchen, vor allen Dingen den Nadelwald längs der Straße. Zwischen feuchten Moospolstern stießen sie auf Pfifferlingsfelder, die sie jauchzend abernteten. Eine gute Stunde waren sie damit beschäftigt, vielleicht auch etwas länger. Zeit spielte hier keine Rolle mehr.

Im Anschluss daran kehrten sie dem klammen Unterholz den Rücken und schlenderten zum Haus zurück. Gerade als sie die Lichtung betreten wollten, stieß Dodo ihren Bruder in die Seite. In der Küche brannte Licht, und der Duft frisch gebackenen Brotes stieg ihnen in die Nase. Ungläubig sahen sie sich an.

„Mama backt?“, fragte Dodo.

Tammo zuckte mit den Schultern.

„Das will ich mir lieber aus der Nähe ansehen!“

„Gu… – *hk* – gut, ich geh nur kurz beim Plumpsklo vorbei, muss dann doch mal …“

Geistesgegenwärtig entriss Dodo ihrem Bruder den Pilzkorb. Sie lächelte unschuldig.

„Reine Vorsichtsmaßnahme …“

Dann verschwand er um die Ecke, und sie zog die Haustür auf. Es roch wirklich nach Brot. Lange konnte Feodora nicht mehr liegen geblieben sein, und ihre Frisur verriet, dass sie sich nicht einmal Zeit für einen Spiegel genommen hatte. Strahlend wie ein Geburtstagskind stand sie in der Küche, in Pyjama und dicken Socken. Die Ärmel hatte sie hochgekrempelt und an ihren Fingern klebten Teigreste.

„Frühstück, ihr Lieben! Es gibt selbst gebackenes Brot mit gesalzener Butter und Rühreiern!“

Tammo tauchte hinter seiner Schwester auf und besah den gedeckten Küchentisch.

„Mama, da... – *hk* – das sieht ja famos aus!“

„Finde ich allerdings auch! Setzt euch, so setzt euch doch! Ich habe heute noch so viel vor!“

Die Kinder staunten.

„Na, was schaut ihr mich an, als wäre ich unter einem Stein hervorgekrochen? Ich will nachher noch ausgiebig hängematten, dösen, lesen, wieder dösen und Kaffee trinken. Hatte ich die Hängematte schon erwähnt? Nun, wie ich bereits sagte, Kinder, mein Terminplan ist voll!“

Sie konnten sich nicht daran erinnern, wann sie Feodora zuletzt so gut gelaunt erlebt hatten. Nicht einmal an Bord der Fähre hatte sie so voller Elan gewirkt. Entsprechend schwungvoll setzte sie sich an den Küchentisch. Diese Schweden-Feodora gefiel ihnen ausgesprochen gut. Dodo rückte ihren Stuhl zurecht, vor ihr lagen ein dampfender Laib Brot, Butter, ein Salzstreuer ... – doch irgendetwas fehlte.

„Mama, wo ist denn das Päckchen?“

Feodora merkte auf.

„Bei mir, drüben im Schlafzimmer ..."

Dodo nippte an ihrem Kakao und lehnte sich im Stuhl zurück. Ihre Augen wanderten zur Schlafzimmertür und dann wieder zu ihrer Mutter. Durch das Küchenfenster konnte sie einen Teil der Lichtung überblicken und sah, wie sich zwei Eichhörnchen den Stamm einer Kiefer hinaufjagten.

„Und ihr?", fragte Feodora. „Was habt ihr nachher vor?"

„Angeln!"

„Wir wollen Fische fangen!"

„Ausgezeichneter Plan, Kinder. Die können wir dann zu den Pilzen machen!"

Und dann fielen sie über das warme Brot her. Die Butter schmolz auf dem Anschnitt, noch bevor sie Salz darüber gestreut hatten. Von der Kruste stäubte Mehl und sie krachte beim Zubeißen. Fistels wärmten ihre Finger an den Tassen und redeten über den vergangenen Tag. Dabei rollte sich das Gefühl der Bedrohung wie ein

Saftkugler auf ihrer Handinnenfläche zusammen und rührte sich nicht mehr. Vorerst zumindest. Fistels wiegten sich in Sicherheit.

Nach dem Frühstück betrachteten die Kinder eingehend die Landkarte im Flur und suchten nach einem See. Etwas abseits der Straßen und Wege fanden sie einen, der mitten im Wald lag. Dorthin wollten sie aufbrechen und die Angeln mitnehmen.

Während sich Feodora mit einem Buch auf die Veranda hockte, suchten Dodo und Tammo alles für ihren Ausflug zusammen. Mit dem Fernglas über der Schulter konnte es endlich losgehen.

Zuerst einmal mussten sie den Pfad bis zum Waldweg hinuntergehen und sich dort links halten. Auf der Karte war es nur ein kleines Stück gewesen, bis rechts eine hauchdünne, gestrichelte Linie eingezeichnet war. In der Welt jedoch taten ihnen nach zwei Kilometern die Füße weh, und die Socken rutschten in den Gummistiefeln, dass es zum Verzweifeln war. Und die gestrichelte Linie? Nun ja, die entpuppte sich als ein toter Weg. Vor Jahren mochten dort noch Autos entlanggefahren sein, doch mittlerweile ragten Birkenschösslinge von den Seiten herein und bildeten einen grün flirrenden Hohlweg. In den ausgewaschenen Spurrinnen hatte sich Wasser gesammelt. Tiefe, rostrote Pfützen, in denen Stechmückenlarven davonzuckten, als Tammos und Dodos Schatten darüberfielen.

Die Kinder pratschten weiter. Hier mussten sie durch eine Lache waten, dort zogen sie sich an einem jungen Baum auf die Böschung empor. Es war ein verwunschener Weg. Die Bäume rückten immer dichter zusammen, bis sie zwischen sich nur noch einen Trampelpfad durchließen. Der Wald war wild und urwüchsig. Er sah aus, als könnte jeden Augenblick ein Bär oder doch zumindest ein Wolf aus dem Unterholz brechen.

„Ob wir noch richtig sind?“ Dodo wischte

sich den Schweiß von der Stirn und zerrieb eine Hirschlausfliege, die sich hinter ihrem Ohr niedergelassen hatte. Tammo atmete schwer und grinste. Das war mal ein Abenteuer, ganz nach seinem Geschmack.

„Auf der Karte sah es zumindest so aus, als würde der Weg eine Bergflanke hinaufführen, Tammo. Dahinter lag der See."

Fest entschlossen stapfte Tammo an seiner Schwester vorbei.

„Wi... – *hik* – wird schon, Dodo!"

Mit einem Nasenrümpfen sah sie ihrem Bruder nach, der wie ein tollwütiger Frischling zwischen den Birken durchbrach. Er war wirklich in seinem Element! Tammo zuckte nicht einmal zusammen, als eine Kreuzotter, flink und fein gemustert, vor seinem Fuß aufschreckte. Keine Spur mehr von dem tollpatschigen Jungen, der so häufig gehänselt worden war. Einzig die Schmutz starrende Jeans mit den rosa Aufschlägen verriet noch, dass Tammo Tammo war und darüber hinaus seit etlichen Tagen dieselbe Hose trug. Im nächsten Moment war er hinter einer Biegung verschwunden.

„Tammo! Nicht so schnell!"

Dodo machte sich daran, ihm zu folgen und verwünschte die Kriebelmücken, von denen sie bereits mehr als eine eingeatmet hatte.

„Dodo!"

„Was denn?"

„Dodo, ko… – *hk* – komm schnell!"

Irgendetwas hatte sich in den Klang seiner Stimme eingeschlichen, das sie beunruhigte. Da schwang ein ängstliches Beben zwischen den Lauten mit.

„Dodo!"

Nun stürzte sie mehr, als dass sie ging und sah ihren Bruder keine fünf Meter vor sich am Boden hocken. Augenscheinlich war er wieder auf eine Spur gestoßen.

„Elche, Tammo?"

„Vo… – *hk* – von wegen …"

Er schüttelte den Kopf und drehte sich so weit beiseite, dass sie die Spur begutachten konnte, welche rechts zwischen den Büschen verschwand. Dodo trat noch näher heran und beugte ihr Gesicht dem warmen Boden entgegen. Zischend sog sie die Luft ein.

„Aber, das ist ja …"

Tammo sah sie aus weit aufgerissenen Augen eindringlich an.

„Ui, … die ist aber …"

„Gro… – *hk* – groß?!"

Vor ihnen musste ein Mensch mit gewaltigen Füßen hergegangen sein. Das Profil seiner Gummistiefel hatte sich deutlich in den Boden eingesiegelt. Frisch. Die Spur war frisch und mindestens Schuhgröße 48. Dodo schluckte schwer.

„Das muss ja ein Riese sein …"

Dodos Fuß nahm sich winzig neben dem Abdruck aus. Sie zog die Brauen in die Höhe.

„O… – *hk* – oder ein Clown …"

„Na ja, Tammo, was soll's, sind wir eben nicht allein im Wald ..."

Was sie gleichgültig hatte aussprechen wollen, klang plötzlich unheimlich. Sie waren eben nicht allein im Wald. So wie *Rotkäppchen*. Tammo lief es eiskalt den Rücken runter. Er richtete sich auf. Eine Libelle stand mit knisterndem Flügelschlag vor ihnen in der Luft. Nichts anderes war zu hören. Alles wirkte friedlich und ruhig. Nicht der Anflug einer Bedrohung war zu spüren.

„Wollen wir lieber umkehren?"

„Quatsch, Dodo!"

Über Tammos Nasenwurzel hatte sich eine Furche gebildet. Hätte *Charles Darwin* etwa aufgegeben, wenn er auf den Galapagosinseln auf Spuren mit Schuhgröße 48 gestoßen wäre? Mit Sicherheit nicht! Andererseits hatte *Darwin* seine Mutter nicht dabei und auch kein Päckchen von Bogumil ...

„Wi... – *hk* – wir gehen weiter!"

Und das taten sie. Aber von nun an folgten

sie dem Pfad mit geschärften Sinnen und zwängten sich zwischen Moos überwucherten Findlingen hindurch. Der Boden begann anzusteigen. An manchen Stellen kamen sie nur auf allen Vieren voran. Je höher sie kletterten, desto weiter ließen sie das Grün der Birken hinter sich. Hier ragten nur noch Felsbrocken zwischen den Kiefern auf, dazwischen klafften Risse und Höhlen. Das Singen der Vögel wurde leiser und hörte schließlich ganz auf. Es war unheimlich still, als sie die Kuppe erreichten. Nur noch das Sirren der Insekten lag in der Luft wie eine zitternde Warnung.

Auf der Hügelkuppe angekommen stockte ihnen der Atem. Was für ein Ausblick! In einer waldigen Senke breitete sich funkelnd der See aus. Hier und da ragten bucklige Felsinseln aus dem Wasser. Und links, zwischen Heidekraut und Blaubeerbüschen schlängelte sich der Pfad bis zu einer Bucht hinab. Seerosen blühten dort. Tammo war nicht mehr zu halten.

Mit wippender Rute schlidderte er den Pfad

hinab und landete auf seinem Allerwertesten. Dodo folgte langsamer. Ihre Finger strichen über das Heidekraut. Mit den Augen suchte sie den See ab, dessen Wasser klar war. Zwischen den Seerosenstängeln konnte sie fast bis auf den Grund sehen.

Als sie aus dem Unterholz traten und den Rest des Weges durch die Sonne zurücklegten, merkten sie erst, wie warm es geworden war. Die Schwüle stand wie eine Mauer zwischen den Büschen, doch Tammo fühlte sich großartig. Er hatte sich in einiger Entfernung zum Ufer auf einen mächtigen Findling gehockt und sah aufs gleißende Wasser hinaus. Seine Finger zuckten vor Aufregung. Er winkte Dodo zu. Sie näherte sich dem Felsen und lehnte ihre Angel gegen den Stein.

„Was denn?“

Er zeigte auf eine Stelle, wo Laichkräuter eine Wand im Wasser bildeten. Dort im Schatten der Pflanzen stand etwas Großes, ein Schemen. Flossen fächelten im bernsteinfarbenen Wasser. Ein großer Fisch.

„Ist das …“

Tammo nickte aufgeregt. Er hatte die gepunkteten Flanken und die Torpedoform sofort erkannt.

„Ein Hecht!“

„Donnerwetter. Der ist ja riesig.“

Dodo hielt die Luft an.

„Den wollen wir Mama zum Abendessen fangen! Mensch, so ein Brocken.“

Rittlings rutschten sie vom Felsen und nahmen sich die Ruten vor. Tammo hatte einen gelben Balsaholzfisch als Köder gewählt und ließ ihn nun auf Nasenhöhe vor sich in der Luft baumeln.

„Tammo goes first!“ Dodo machte einen großen Schritt beiseite, damit er richtig ausholen konnte.

Ihr Bruder blinzelte gegen den Sonnenglast und peilte die Stelle an, wo der Hecht auf Beute lauerte. Weit nahm er die Angel zurück, öffnete den Bügel der Rolle und hielt die Schnur nur mit dem Zeigefinger auf Spannung. Dann ließ er den Köder rückwärts pendeln. Einmal. Zweimal. Dodo presste ihre Lippen aufeinander. Beim dritten Mal endlich riss Tammo die Rute über den Kopf nach vorne. Die Schnur zischte, dann ertönte ein dumpfes *Pftok*.

Dodo blickte auf den See hinaus und wartete, doch kein Platschen war zu hören.

„Es hat nicht geplatscht, Tammo."

„I... – *hk* – ich weiß ..."

„Verdammt! Ich habe keine Ahnung, wo der gelandet ist!"

Tammo war rot angelaufen und seine Angel zitterte leicht.

„Ich scho... – *hk* – schon ..."

Langsam drehte er sich um, und nun konnte auch Dodo sehen, wo der Kunstköder gelandet war. Im Ausholen für den Vorwärtsschwung hatte sich ein Drillingshaken auf Höhe von Tammos rechter Gesäßtasche durch seine Jeans gebohrt.

Dort baumelte er, der Balsaholzfisch, gelb und völlig fehl am Platze. Tammos Pobacke bebte.

„Oh, nein, Tammo!"

Seine Nasenspitze war ganz blass geworden. „Ist es schli... – *hk* – schlimm?"

„Ich fürchte, wir müssen operieren ..."

Dodo ließ sich auf ein Knie nieder, begutachtete Tammos Rückseite und zupfte probehalber an der Schnur.

„Aha-ha-ha-aaau!", jaulte er.

Nur schwer konnte sich Dodo ein Kichern verkneifen. Ihre Schultern zuckten.

„Nun stellen Sie sich nicht so an, Herr Fistel!" Sie überhörte sein Murren. „Beglückwünschen kann ich Sie! Es ist ein kapitaler Hintern, der Ihnen da an den Haken gegangen ist. Schade nur, dass Hintern gerade Schonzeit haben. Sie müssen ihn wieder freigeben. Vorher will ich nur kurz den Haken ..."

Mit einer raschen Drehung des Handgelenks hatte sie die Hakenspitze aus seiner Jeans und

Pobacke herausgezogen. Tammo quietschte auf und wischte sich Tränen aus den Augenwinkeln. Und der große Hecht? Nun, der war in der Zwischenzeit fächelnd in den Schutz der Laichkräuter zurückgesunken und ihren Blicken entschwunden.

Nachdem sich die Geschwister wieder beruhigt hatten, versuchten sie dennoch einige Angelwürfe in der Seerosenbucht. Sie kamen mächtig ins Schwitzen, obwohl die Sonne ihren Zenit längst überschritten hatte. In einem Schwarm tänzelnder Mücken neigte sich der Glutball den Baumwipfeln entgegen, und die Kinder entfernten sich Wurf um Wurf von der Bucht. Immer weiter stapften sie längsseits des Ufers. Ganz in ihrer Nähe machte der Pfad einen Knick und führte in Nadelwald hinein. Dodo sah prüfend in den dunkler werdenden Waldpfad und lauschte auf die Stille.

„So langsam sollten wir ans Einpacken denken, Tammo. Es ist schon spät ...“

GALAPAGOS
ISLANDS

„Einen Wu... – *hk* – Wurf noch ...“

„Das ist dann aber der letzte! Mama macht sich bestimmt schon Sorgen!“

Doch noch bevor Tammo protestieren konnte, hallte ein dumpfer, kehliger Ruf über den See. Bei seinem Klang gefror das Blut in ihren Adern. Unheimlich war dieser Laut: klagend und dunkel wie der Schrei aus einer breiten, haarigen Kehle. Trotz aller Wärme bekam Dodo Gänsehaut am ganzen Körper. Sie rückte ihrem Bruder näher.

„Was war das?“

Da ertönte wieder derselbe Ruf. Er klang hohl und unmenschlich. Nie zuvor in ihrem Leben hatten sie einen solchen Laut gehört. Plötzlich schien es, als hätte der Wald tausend Augen bekommen.

„Tammo! Was um Himmels willen war das?“

Ihr Bruder nahm das Fernglas auf und starrte auf die Seefläche. Er suchte eine Stelle zwischen Binsen und Riedgras ab. Dann lachte er.

Sein Lachen wurde überlagert von einem dritten Ruf.

„Es ist ein Vo... – *hk* – Vogel, Dodo, ein Sterntaucher!“

„Ein Vogel? So ein Quatsch! Ein Vogel? Das hört sich aber nicht wie ein Vogel an, Tammo! Vielmehr wie ein ... wie ein Unhold im Stimmbruch und ganz und gar nicht wie ein Vogelvieh!“

Tammo hatte das Fernglas immer noch vor den Augen und beobachtete einen Punkt am gegenüberliegenden Ufer. Deutlich sah er den Sterntaucher vor sich, die gesprenkelte Brust, die graue Haube und die stechend klaren Vogelaugen.

„Er ist wu... – *hk* – wunderschön ...“

„Das will ich sehen!“ Dodo wand ihm das Glas aus den Fingern.

„Wo denn?“

„Nicht da, Dodo! Weiter links!“

Dodo versuchte, seinem Fingerzeig zu folgen, doch plötzlich hielt sie inne. Mit einem Mal wurde ihr Körper ganz steif.

„Du bist vö... – *hk* – völlig falsch, Dodo. Nicht so hoch!“

Doch sie bewegte sich nicht, nahm das Glas nicht von den Augen, starrte nur. Ein Zittern überlief sie.

„Da ist wer, Tammo ...“

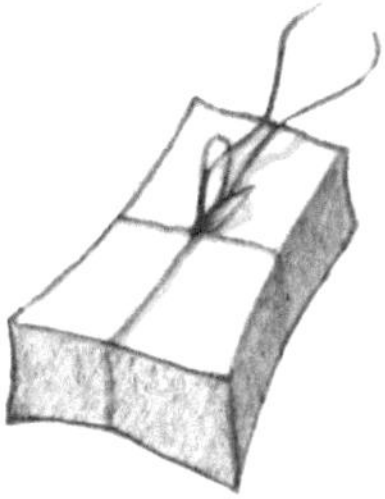

21. Kapitel

„Da ist ein riesiger Mann!"

„Mensch, Dodo! Mama sagt, du so... – *hk* – sollst mir keine Angst machen!"

Doch das hatte seine Schwester gar nicht im Sinn. Dodo umklammerte noch immer das Fernglas und befeuchtete ihre Unterlippe.

„Da i... – *hk* – da ist gar niemand, stimmt's?"

Wie aus einem Traum schreckte Dodo auf. Wortlos reichte sie Tammo das Glas.

„Siehst du den herausragenden Ast links von der Landzunge? Er sieht aus wie ein Finger ..."

„Hm ..."

„Rechts davon, ein paar Meter das Ufer hinauf."

Deutlich hörte sie Tammos Schlucken.

„Mi... – *hk* – Mist ..."

„Siehst du ihn?"

Tammo nickte nur. Er sah ihn. Am gegenüberliegenden Ufer, im Schatten einer Erle verborgen, stand ein Hüne von Mann mit kantigem Gesicht. Seine Nase schien – wie bei einem Boxer – mehrfach gebrochen und war nur noch ein breiter, rosiger Kolben. Er trug ein kariertes Hemd und hatte stark behaarte Unterarme. Als er seine Position veränderte, blitzte ein Jagdmesser in seiner Hand auf. Ein Messer mit breiter, geschwungener Klinge. Doch das Allerschlimmste war: Er sah genau zu ihnen herüber.

„Er ... er sieht uns an!"

Dodo griff Tammos Arm und zog ihren Bruder neben sich ins Gras.

„Wir müssen jetzt schleunigst verschwinden Tammo. Wir nehmen den Weg da vorne! Okay?"

Er nickte.

„Bei drei springen wir hinter die Büsche und laufen den Pfad weiter. So schnell wir können! Kapiert?"

Er nickte wieder.

„Eins, ... zwei, ..."

Dodo kam nicht dazu auszuzählen. Wie aufgescheuchte Rebhühner flatterten sie auf einmal los, rannten das Ufer entlang und verschwanden im Schutz der Bäume. Im Nacken spürten sie noch den Blick des Fremden. Ihre Gummistiefel ächzten. Ihr Atem ging in kleinen Püffen, und die Köder verhedderten sich in den Ruten. Der Pfad führte in einem Bogen um die Hügelflanke, von welcher sie zuvor herabgestiegen waren. Der Boden war mit Nadeln bedeckt, bei jedem Schritt knisterte und knackte es.

„Diese vermaledeiten Socken ...", fluchte Dodo und hielt inne. Mit der Linken zog sie ihre Gummistiefel und die rutschenden Socken aus, um den Weg barfuß fortzusetzen. Tammo folgte ihrem Beispiel. Er konnte das Messer einfach nicht vergessen und den Riesen am gegenüberliegenden Ufer. Das karierte Hemd! Dann ging es weiter, Hügel auf und Hügel ab. Sie rannten, so schnell sie ihre Füße trugen, sprangen über knorrige Wurzelrücken und achteten kaum auf die Spinnennetze, in die sie hineinliefen. Im Rücken der Kinder ertönte zum vierten Mal der Ruf des Sterntauchers, und die Sonne berührte die Baumwipfel. Ihr Pfad hingegen führte nicht schnurstracks zum Waldweg zurück, sondern schmiegte sich einer Bucht des Sees an. Schilf und Röhricht standen dicht bis ans Ufer. Schließlich lichteten sich vor ihnen die Bäume, und sie stolperten aus dem Halbschatten des Waldes. Vor ihnen ragte ein rostiger Wohnwagen auf, dessen Fenster verhängt waren. Ein Ruderboot war davor aufgebockt, und auf der Wäscheleine hing eine lange Herrenunterhose. Tammo stieß Dodo in die Seite.

„Was denn?"

Doch dann sah sie es selbst. Die Hose war von oben bis unten mit getrocknetem Blut besudelt. Satte Tropfen und Spritzer prangten dunkel auf dem Stoff. Dann teilte sich plötzlich das Röhricht, und der Riese trat auf die Lichtung. Seine Hand war erhoben, das Messer blitzte im Abendlicht.

Mit einem Schrei rannten die Kinder was das Zeug hielt. Sie liefen am Wohnwagen vorbei bis zur Mündung des Pfades und sprinteten den Waldweg entlang. Ihre Herzen rasten. Die Fußsohlen schmerzten. Immer wieder warfen sie einen Blick zurück, doch der Wald schwieg. Nirgendwo trat ein Hüne aus dem Unterholz. Sie blieben allein. Allein in einem fremden Wald, aus dem das Licht sickerte und wo die zuckenden Schatten übermächtig wurden.

Endlich! Nach Stunden, wie es ihnen schien, sahen sie vor sich ein Licht aufflammen. Ihr Haus! Es war ihr Haus. Feodora stand im Küchenfenster und hatte die Hände an die Glasscheibe gelegt. Sie hatte auf sie gewartet.

„Ma... – *hk* – Mama!“, rief Tammo erlöst und überglücklich. „Mama, wir haben überhaupt nichts gefangen!“

22. Kapitel

Es machte den Kindern nichts weiter aus, an diesem Abend nur Pilze zu essen. Auf einen Hecht würden sie noch warten müssen. Feodora berichteten sie weder etwas von den Fußspuren noch von dem Mann mit Messer. Nur die Geschichte von Tammos Hintern wurde in aller Ausführlichkeit erzählt. Und das hatte zur Folge, dass dieser seine Hose herunterlassen musste, damit seine Mutter die Pobacke mit Jod und einem Wattebausch behandeln konnte.

„Mit so einer Wunde darf man nicht leichtfertig umgehen, Tammo! Sonst fault dir dein Hinterteil ab! Stell dir vor, nachher hast du nur noch drei oder sogar zwei Buchstaben – und auf was willst du dann sitzen?“

Darauf hatte er keine passende Antwort. Und etwas auf die leichte Schulter nehmen, wollte er auch nicht. Tammo spürte schon genug Verantwortung auf sich lasten, da sie ihr Geheimnis wahren wollten. Nun, es ging eben nicht anders. Er und Dodo waren sich sicher, dass Feodora augenblicklich alles zusammenpacken würde, um mit ihnen das Weite zu suchen, sobald sie von dem Messermann erfuhr. Auch, wenn dieser überhaupt nichts mit den Typen von der Fähre zu tun hatte. Und Bogumils Päckchen hätte sie obendrein zur Polizei gebracht! Das ging also nicht. Mit einem Seitenblick auf das Päckchen, das wieder auf dem Tisch lag, vergruben die Geschwister all das, was am See geschehen war, tief in ihren Herzen und verheimlichten Feodora den Hünen. In diesem Moment entschieden sich Tammo und Dodo dafür, nicht länger Kinder, sondern ausschließlich Bogumils Boten zu sein.

Vor dem Schlafengehen wollten sie dann noch einen letzten Blick in den Nachthimmel werfen. Wie am Vorabend öffneten sie das Fenster, doch diesmal sahen sie keine Sternschnuppe. Dafür schlief Feodora nebenan den Schlaf der Arglosen.

Den Kindern hingegen gingen noch zahllose Dinge im Kopf umher. Der Mann im karierten Hemd. Das Messer. Die blutverschmierte Hose. Lange lagen sie wach. Dodo warf sich alle paar Minuten herum und schnaufte. Erst weit nach Mitternacht schlief Tammo endlich ein. Er träumte:

Tammo saß auf einem Seerosenblatt. Er trug nichts weiter am Leib als eine lange Herrenunterhose. Die Ränder des Blattes wölbten sich unter seinem Gewicht, und das Wasser gluckerte, während er sich aufrichtete. Unter seinen Füßen schlingerte das Seerosenblatt. Dann lief Tammo auf den Rand zu und hüpfte zum nächsten Blatt. Gleich daneben wand sich eine Seerosenknospe der Wasseroberfläche entgegen und öffnete ihre Blüte mit einem leisen ‚Pftok'. Tammo nahm ein zweites Mal Anlauf und hüpfte zum dritten Blatt. Wieder wand sich neben ihm eine Seerosenknospe aus der Tiefe empor und öffnete sich mit einem ‚Pftok'. Das Wasser gluckerte. Ein drittes

Mal lief er dem Blattrand entgegen, hüpfte und landete auf einem vierten Blatt. Wieder wand sich eine Knospe empor. Die Kelchblätter öffneten sich und enthüllten einen winzigen, silbern glänzenden Wohnwagen. Tammo hielt inne. Von der Kuppel des Wagens liefen Linien bis zum Blütenboden und verbreiterten sich. Schließlich schälten sich die Teile auseinander, und der Wagen brach auf. Im Zentrum saß ein Mann mit blaustichiger Dauerwelle. Er hockte im Schneidersitz und hielt ein Messer zwischen den Zähnen. Plötzlich perlten blutrote Tropfen von allen Blättern ab und stiegen in die Luft auf. Hunderte, tausende Tropfen entschwebten. Wie ein blutroter Nieselregen, der vom See in den Himmel hinauf rieselte. Ein namenloses Grausen überfiel Tammo. Er warf sich herum und stürzte dem Blattrand entgegen. Der Boden wankte. Er sprang. Unter ihm spritzte Wasser auf, und ein Hecht schoss empor. Unmittelbar hinter dem Fischschädel kam Tammo auf und hielt sich fest.

Kalt war der Schleim. Dann schlug der Hecht mit den Flossen und flog dem Mond entgegen. Tammo presste seine Knie hinter die Kiemenbögen, um nicht herunterzufallen. Lautlos glitten sie durch das Meer blutroter Tropfen. Der Mond stand prall vor ihnen und zitterte.

Tammo erwachte mitten in der Nacht. Er musste mal, dringend. Dodos Atem neben ihm ging tief. Sie schlief, und nur ihre Augen bewegten sich rastlos hinter den Lidern. Tammo schwang seine Beine von der Bettcouch und zog die Zehen ein. Der Boden war eiskalt. Rasch schlüpfte er in seine Pantoffeln und schlurfte bis in den Flur. Ein orangefarbener Vollmond lugte zwischen Wolkenfeldern hindurch und tauchte den Wald in ein fremdartiges Licht. Bei diesem Anblick erinnerte sich Tammo an seinen Traum und glaubte fast, blutrote Tropfen durch die Nachtluft aufsteigen zu sehen. Er rieb sich die Augen und gähnte.

Jetzt aufstehen? Alleine raus? Ihn fröstelte. Das war wirklich eine harte Prüfung. Am liebsten hätte er sich ins Küchenfenster gestellt und im hohen Bogen ... Doch das ging ja nicht. Für einen Moment presste er sein Gesicht gegen die Scheibe in der Haustür und starrte vor sich hin. Kein Laut drang an sein Ohr, es war totenstill. Die Welt hatte sich zur Nachtruhe zusammengerollt wie eine der Eidechsen unter der Veranda.

„Verflucht, wa... – *hk* – was mach ich hier nur?“ Schließlich griff er nach der Taschenlampe und trat in die Nacht. Tau haftete an den Grashalmen, Blättchen leckten über seine nackten Fersen. Tammo ging am Auto vorbei, in dessen Windschutzscheibe sich der Mond spiegelte, ein Jägermond.

„Oh ... Ma... – *hk* – Mannomann ...“

Bis zum Plumpsklo waren es höchstens zwanzig Meter. Mehr nicht. Aber zwanzig unendliche Meter, von denen jeder Schritt auch ein Schritt auf den Wald zu war. Tammo fühlte sich wie ein

Astronaut, der im luftleeren Raum von seiner Kapsel fortdriftete, langsam aber unaufhaltsam, bis sich das Halteseil spannte und ... riss.

„Wo... – *hk* – wovor sollte ich schon Angst haben?“, fragte er sich. Doch er klang nicht wirklich überzeugt. Zu Hause mochte diese Frage ja helfen, aber hier im Herzen der skandinavischen Wildnis fiel ihm gleich eine ganze Reihe von Dingen ein, vor denen es sich lohnte, sich zu fürchten, Messermänner zum Beispiel.

Tammo begann zu zählen. Rückwärts. Von tausend an. Bei neunhundertvierundachtzig erreichte er das Klohäuschen, zog die Tür auf und atmete durch. Sein Herz raste. Wuchtig traf ihn das Gefühl, ganz allein und erst elf Jahre alt zu sein. Einen Spalt breit ließ er die Tür offenstehen und klemmte sich die Taschenlampe zwischen die Zähne. Erst danach wagte er, sich hinzuhocken. Mit jeder Kopfbewegung ruckte der Lichtkegel vom Kalkeimer zu seinen Fußspitzen und zurück. Ihm gegenüber saß eine

Spinne an der Wand. Schatten zuckten, als besäßen sie eigenes Leben. Plötzlich hörte Tammo ein Knacken. War da …? Da war etwas! Draußen am Waldrand bewegte sich etwas. Etwas Großes, Dunkles. Er beugte sich so weit vor, dass er durch den Spalt sehen konnte. Wieder knackte es im Unterholz. Sein Herzschlag beschleunigte sich, die Handinnenflächen wurden schwitzig. Etwas brach aus dem Wald. Vor Schreck zuckte sein Oberkörper zurück, und Tammo öffnete den Mund. Die Taschenlampe plumpste lautlos zwischen seinen Beinen hindurch, landete Griff voran im Unaussprechlichen und setzte Tammo sprichwörtlich ins rechte Licht.

Doch Tammo hatte jetzt keine Zeit für Sprichwörter. Vielmehr starb er tausend Tode vor Angst. Ganz allein saß er hier draußen, die Hosen auf Kniehöhe und nur mit einer Rolle dreilagigem Klopapier bewaffnet! Und dort draußen richtete sich etwas auf. Dort, am Waldsaum. Eine massige Gestalt löste sich aus dem

Schatten zwischen den Bäumen. Ein Luchs? Ein Bär? Ein Vielfraß? – schoss es ihm durch den Kopf. Ein Wolf? Ein Elch? Der Messermann? Tammo zitterte. Seine Fingerknöchel leuchteten weiß durch die Haut seiner Fäuste. Er presste sie vor den Mund, um nicht zu hicksen, um das Etwas dort draußen nur ja nicht auf sich aufmerksam zu machen.

Es ... es schob sich durch das hohe Gras und kam dem Schuppen immer näher. Ein Tier? Es war kein Tier. Von menschlicher Gestalt war der Schemen, der an der Tür vorbeihuschte, sich neben ihr Auto kauerte und sich daran zu schaffen machte. Da!

Jetzt wendete er den Kopf, und für den Bruchteil einer Sekunde fing sich Licht in einem gesprungenen Brillenglas. Keuchen war zu hören. Dieser Moment reichte Tammo, sein Gegenüber zu erkennen. Auf einmal richtete sich der Mann direkt an der Hauswand auf und prüfte, ob die Fenster verschlossen waren.

Da ging plötzlich das Licht in der Küche an. Tammo fuhr zusammen, einen Ruf auf den Lippen. Deutlich konnte er sehen, wie Feodora am Kühlschrank erschien, sich ein Glas Milch einschenkte, um sich mit ihrem Buch an den Tisch zu setzen. Keinen Meter war sie vom Schemen entfernt. Ahnungslos! Tammo musste sie warnen!

Und die Gestalt? Sie war verschwunden, spurlos wie ein Nachthauch. Sie war wieder zu einem Schatten unter Schatten geworden und mit der Finsternis des Waldes verschmolzen. Tammo zog seine Hosen hoch. Er zitterte am ganzen Körper, und eine Träne quoll ihm unter den Lidern hervor. Sein Mund fühlte sich trocken an, und in den Ohren wummerte das Blut. Ruhig, nur ganz ruhig jetzt. Bloß keinen Fehler machen. Und nicht merken lassen, dass er den Glatzköpfigen gesehen hatte! Tammo wartete. Er wartete länger. Dabei ließ er seine Mutter keine Sekunde aus den Augen. Wie friedlich sie dasaß, in ihrem Roman las und keine Ahnung hatte von der Bedrohung, die um das Haus schlich. Nach fünf Minuten wagte es Tammo, die Tür so weit aufzuschieben, dass er sich hinauszwängen konnte. Zwischen Brombeerranken kauerte er sich ins Gras und überblickte den Platz. Nichts war zu sehen. Alles lag still, der Wald, die Lichtung, die Häuser. In der Küche befeuchtete Feodora eine Fingerkuppe und blätterte um.

Über seinem Kopf schob sich eine immer dichter werdende Wolkendecke zusammen. Die Blätter der Birken begannen zu rascheln, Wind kam auf. Endlich fasste sich Tammo ein Herz und sprintete zum Haus. Er riss die Tür auf und schloss hinter sich ab. Zweimal. Geschafft! Mit einem Seufzer rieb er sich die Augenwinkel trocken.

In der Küche wurde sein Eintritt mit einem nervösem Räuspern quittiert. Feodora sah ihn aus großen Augen an.

„Herrje, Tammo! Hast du mich vielleicht erschreckt!"

Sie schob lachend die Brille zurecht.

„Ich dachte schon, jetzt steht ein Bär in der Tür, der auch nicht schlafen kann …“

Tammo schüttelte den Kopf. Die Küchenuhr zeigte halb vier an.

„Kei… – *hk* – kein Bär, Mama …“

Sein Blick wanderte zum Rechteck des Fensters.

„Was ist denn? Hast du schlecht geträumt?“

Er schüttelte den Kopf, musste aber unwillkürlich an den Nieselregen blutroter Tropfen denken.

„Magst du auch ein Glas Milch?“

Wieder verneinte er. Da hefteten sich seine Augen auf die Tischplatte. Feodora hatte einen Kriminalroman vor sich liegen und Bogumils Päckchen. Ihre Finger fuhren immer wieder über die Kanten. Sie bemerkte seinen Blick und zog die Schultern hoch.

„Schon komisch, nicht? Je länger ich das Päckchen ansehe, desto unscheinbarer wird es.

Manchmal frage ich mich, ob überhaupt etwas Wichtiges darin ist. Vielleicht ...", sie schmunzelte. „... vielleicht ist es ja auch nur ein Stapel Plätzchenrezepte, die Bogumil seiner Tante schickt! Oder was meinst du, Tammo?"

Er biss sich auf die Lippen und stand unschlüssig da. Sätze rangelten hinter seinen Zähnen um den besten Platz, doch er drängte sie mit der Zunge zurück und schluckte. Tammo wusste, dass der Schemen von eben keineswegs hinter Plätzchenrezepten her war. Die Erinnerung an den Glatzköpfigen hatte sich wie eine Natter zwischen ihm und seiner Mutter aufgerollt. Tammo zerriss es fast! Nur er wusste, wen er gesehen hatte! Nur er wusste, dass es ihr Verfolger von der Fähre war, der in diesem Augenblick seine Familie belauerte. Tammo allein wusste es. Ob es nun Dummheit war oder Heldenmut, der ihn veranlasste, nichts davon zu sagen, bleibt ein Rätsel. Sicher ist nur, dass er Feodora einen Kuss auf die Wange drückte und ging.

„Na... – *hk* – Nacht, Mama ...“

„Nacht, mein Schatz. Ich hab dich lieb.“

In Grübeleien versunken ließ er Feodora am Tisch zurück und schlüpfte neben Dodo unter die Bettdecke. Er stupste sie an, äugte aber unablässig zum Fenster hinüber, als erwartete er, dass sich ein Gesicht aus dem Dunkel schälte. Ihm schien, als würde der Wald auf ihr Haus zukriechen, sich gegen die Scheiben pressen, um sie im Schlaf zu überwältigen. Baumwipfel wankten im Wind, und ein erster Regentropfen traf mit silbernem Klang auf das Glas.

„Dodo, wa... – *hk* – wach auf!“

Seine Schwester holte mit ihrem Arm aus und traf ihn am Kinn.

„Dodo!“

Er rollte sie herum und presste seine Hand auf ihren Mund. Sofort sprangen Dodos Augen auf. Mit einem Grunzen richtete sie sich auf und starrte ihren Bruder an.

„Sie sind da, Dodo!“

„Hm?"

„Die Typen von der Fä... – *hk* – Fähre!"

„Was ist? Mensch, weißt du eigentlich wie spät es ist, Tammo?"

„Ich habe den Glatzköpfigen gesehen, gera... – *hk* – gerade eben! Beim Plumpsklo!"

Dodo sah ihren Bruder argwöhnisch an, doch Tammos Augen verrieten ihr, dass er die Wahrheit sagte.

„Weiß Mama Bescheid?"

Er schüttelte den Kopf.

„Und jetzt, Tammo? Was sollen wir tun? Wir sind hier nicht länger sicher, das ist dir doch klar, oder?"

Er nickte langsam. Draußen setzte Regen ein. Tropfen schlugen schräg an die Scheiben, es klang, als würden winzige Siegelringe gegen Glas pochen. Immer und immer wieder. Nach einer Weile verlosch das Licht in der Küche, der helle Streifen unter der Tür wurde dunkel. Feodora ging zu Bett.

„Und du bist dir sicher, dass es die Glatze war?“

„Na ja, doch!“

„Wo hast du ihn denn gesehen, Tammo? Und war der Hagere auch dabei?“

„Ich wei... – *hk* – weiß nicht. Ich glaube, er war allein. Er kam aus dem Wald und schlich bis ans Fenster. Dann kam Ma... – *hk* – Mama in die Küche und hat Licht gemacht. Da ist er verschwunden ...“

Dodo rieb sich die Augen und schnaufte. „So ein Mist. Diesmal müssen wir es Mama sagen!“

Wie auf ein geheimes Zeichen hin hörten sie in diesem Augenblick Feodora im Nachbarzimmer murmeln. Sie fluchte leise und stand wieder auf. Die Kinder pressten ihr Ohr gegen die Wand.

„Ich Doof, das Päckchen ...“

Danach hörten sie das Tappen nackter Füße, das Aufschwingen der Küchentür und dann einen Schrei, der durch Mark und Bein ging. Feodora kreischte vor Entsetzen. Im nächsten Moment waren die Kinder aus dem Bett gesprungen. Sie rissen die Tür auf und stürzten zu Hilfe. Im Pyjama stand ihre Mutter da, hatte das Päckchen fest an den Körper gepresst und starrte auf das Fenster vor sich. Ihre Hände bebten.

Und jetzt sahen es auch die Kinder. In das Glas der Fensterscheibe war ein kreisrundes Loch geschnitten, durch das ihnen feuchte Nachtluft entgegenwehte. Ein feines Rinnsal Blut schlängelte sich von der unteren Kante dem Holz entgegen.

„D... d... da ...“, stotterte Feodora. „Di... direkt vor dem Fenster ...“

Nun spürten sie alle, wie Panik nach ihren Herzen griff. Feodora umklammerte immer noch das Päckchen, dann sah sie zu ihren Kindern hinüber. Auf einmal verhärteten sich ihre Gesichtszüge, ihre Augen wurden schmal.

„Zieht euch an, Kinder, wir fahren!“

„Aber, Mama ...“

„Keine Widerrede, Dodo! Kein Packen, greift nur das Nötigste!“

Noch immer zögerten Tammo und Dodo.

„Sofort!“ Feodoras Stimme klang schrill, dann drehte sie sich um und verschwand im Schlafzimmer, wo sie in Windeseile ein paar Dinge zusammenraffte und sich anzog. Keine Minute später trafen sie sich wieder im Flur. Feodora hatte das Päckchen in den Hosenbund gesteckt und schwang einen Fleischklopfer in der Hand. An der Haustür hielt sie inne.

„Kinder, wir rennen zum Wagen. Wenn wir drin sind, macht ihr sofort die Knöpfchen runter! Verstanden?“

Sie nickten. Alle spürten, dass sie in großer Gefahr schwebten.

„Dann los!“

Mit einem Knall flog die Tür auf, und sie stürzten über die Veranda. Die Autotüren sprangen ihnen förmlich entgegen, und Fistels warfen sich auf die Sitze. Wieder krachte es. Sie saßen. Sie saßen im Wagen und starrten in den gespenstischen Wald. Dodo hatte das Gefühl, die Dunkelheit unter der Wolkendecke würde allmählich körniger, als kündigte sich die Dämmerung bereits zwischen den Ästen an. Der Regen wurde stärker.

„Ma... – *hk* – Mama, was hast du in der Küche gesehen?“, fragte Tammo beklommen.

„Einen Mann.“

Feodora steckte den Schlüssel ins Zündschloss.

„Ich glaub, es war einer von der Fähre. Als ich in die Küche zurückkam, stand er direkt vor dem Fenster! Direkt davor! Er hatte das Glas aufgeschnitten und ...“

Sie drehte den Schlüssel, doch nichts geschah.

„... und streckte seine Hand aus nach dem ...“

Feodora startete ein zweites Mal.

„Verflucht und zugenäht! Was ist denn nur mit dem Wagen los?“

Tammo starrte entsetzt auf das dunkle Armaturenbrett. Der Motor blieb tot. Feodora probierte es ein drittes und viertes Mal, bevor sie mit der Faust aufs Lenkrad einschlug. Nun fluchte sie gar nicht mehr literarisch. Sie drehte sich auf dem Sitz um und sah ihren Kindern ernst in die Augen.

„Ich fürchte, wir sitzen jetzt ganz schön in der Patsche!“

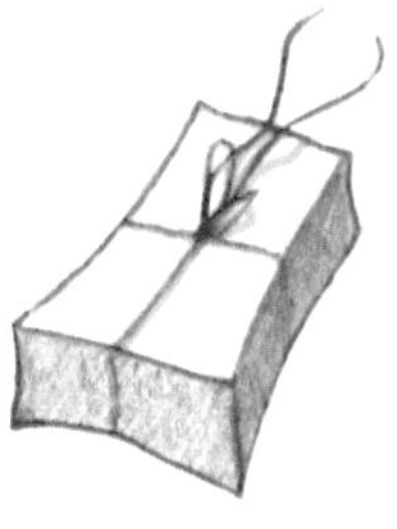

23. Kapitel

Der schauerlichste Fall war eingetreten. Einer ihrer Verfolger war mitten in der Nacht am Haus aufgetaucht und hatte ihnen um ein Haar das Päckchen vor der Nase weggeschnappt. Nun bestand kein Zweifel mehr: Familie Fistel war vom Glatzköpfigen im Wald aufgestöbert worden. Und ihr Auto war lahmgelegt. Von *Göteborg* musste sich der Ganove bis hierher durchgeschnüffelt haben. Es war ausweglos! Es gab kein Entkommen, im Auto konnten sie nicht bleiben. Das Haus war zur Falle geworden, einer Falle ohne Telefon. Schlimmer konnte es kaum kommen! Und dabei waren sie so kurz davor gewesen, ihren Botengang erfolgreich zu beenden. So kurz davor ...

„Ich ...", begann Dodo langsam. „Ich hätte da eine Idee, aber ich glaube nicht, dass sie euch gefallen wird."

„Was für eine Idee?"

„Die Räder …“

„Welche Räder?“

„Im Schuppen.“

„A… – *hk* – aber natürlich!“

„Im Schuppen stehen zwei Räder, Mama!“

„Zwei, Dodo?“

Mutter und Tochter drehten sich zu Tammo um. Dieser hickste vor Schreck noch lauter.

„Ihr wollt mich doch n… – *hik* – nicht hier zurücklassen, oder?“

„Papperlapapp, Tammo! Einer von uns muss dich eben hinten drauf nehmen!“

Im Handumdrehen hatten sie einen irrwitzigen Plan gefasst. Auf zwei rostigen Fahrrädern wollten sie ihren Verfolgern entkommen. Feodora musste einen Moment lang an *Don Quichote* denken und an Windmühlenflügel … Doch der Regen holte sie schnell zurück in die Wirklichkeit. Unablässig trommelten Tropfen aufs Autodach. Zögerlich öffneten sie die Türen und streckten die Köpfe raus. Nirgendwo war der Fremde zu sehen. Sie tasteten sich vom Auto fort und huschten zur Rückseite des Hauses. Regentropfen rannen über ihre Gesichter. Nach einer Atempause hasteten sie weiter, rissen die Schuppentür auf und griffen sich die Räder. Tammo setzte sich bei seiner Mutter auf den Gepäckträger. Sein Po schmerzte noch. Äste knackten bedrohlich über ihren Köpfen. Der Wind wurde stärker, riss Blätter von den Zweigen und schleuderte sie ihnen entgegen. Sie holperten los. Über Wurzelrücken sausten sie dahin und erreichten – wie durch ein Wunder – unbeschadet den Waldweg. Tammo jaulte auf, als sie scharf die Rechtskurve nahmen. Nur bis zum *Lanthandel* mussten sie es schaffen oder zumindest bis zum nächsten Gehöft. Dann wären sie hoffentlich gerettet. Von dort würden sie die Polizei anrufen und alles beenden können.

Der Waldsaum schoss an ihnen vorbei. Schotter spritzte zu beiden Seiten davon. Schließlich drang ein Geräusch an ihre Ohren, das sie insgeheim gefürchtet hatten. Dodos Magen krampfte sich zusammen. In ihrem Rücken wurde erst ein und wenig später ein zweites Motorrad gestartet. Tammo erkannte Lichtpunkte, die zwischen den Bäumen aufflammten.

„Der Ha… – *hk* – der Hagere ist auch dabei!“

Feodora trat in die Pedale, als hinge ihr Leben davon ab. Dennoch konnte sie nichts dagegen tun, dass sie am Hang einer Senke an Fahrt verloren, langsamer und immer langsamer wurden. Tammo hätte vom Gepäckträger aus bequem Blumen pflücken können, während Feodora und Dodo in den Pedalen standen und mit aller Kraft traten. Keuchend überwanden sie den Anstieg und nahmen mit möglichst viel Schwung die nächste Kurve.

Hinter ihnen wurden die Motorengeräusche lauter. Das Knattern kam näher. Unglücklicherweise waren Fistels nicht einmal in der Nähe eines Hofes. Sie schnauften vor Anstrengung, ihr Schweiß mischte sich mit Regen.

„Wir ... wir müssen uns trennen, Kinder ...“, stieß Feodora unvermittelt hervor und beugte sich weit über den Lenker.

„Wir ... ich ... ich lenke sie ab, und ihr schlagt euch bis zum ... zum nächsten Haus durch ...“

„Aber, Mama!“

„Verdammt, hört mir zu! Dort ruft ihr die Polizei, verstanden?“

Vor ihnen gabelte sich die Piste, und ein schmaler Seitenarm führte mitten hinein in eine Fichtenschonung. Hier griff Feodora ihrer Tochter in den Arm und bremste beide Räder ab.

„Ob du mich verstanden hast, Dodo?“

„Wir lassen dich nicht allein!“

Das Knattern der Motorräder wurde immer lauter. Gerade tauchten die Scheinwerfer in eine Senke und verschwanden für Augenblicke.

„Tammo, steig bei deiner Schwester auf! Los!“

Tammo blickte seine Mutter entsetzt an. Nur widerwillig gehorchte er.

„Und du gibst uns das Päckchen, Mama!“

„Kommt nicht in Frage!"

„Dann bleibe ich hier stehen!" Dodos Augen funkelten wie Glassplitter. „Wir nehmen das Päckchen, Mama! Die erwarten es doch überhaupt nicht bei uns! Die denken, dass du es hast!"

Feodora durchzuckte blitzartig ein Gedanke. Endlich griff sie unter ihren Pulli und reichte Bogumils Päckchen hinüber. Dann schnalzte sie ihnen einen Kuss zu und stieg auf. Ihr Rad schepperte noch, als die Dunkelheit sie längst verschluckt hatte.

Den Kindern blieb keine Zeit zu vergeuden. In steilem Winkel schnitten die Lichtkegel der Maschinen durch die Nachtluft. Gleich würden sie die Kuppe erreicht haben und wären in Sichtweite. Dodo stieß sich ab. So schnell sie konnte, fuhr sie in den Seitenweg und beschleunigte, obwohl sie kaum die Hand vor Augen sehen konnte. Der Weg wand sich. Katzenkopfgroße Steine ließen ihr Rad springen, und Tammo biss sich vor Schmerz auf die Lippen. Der Wald wurde zu einem flirrenden Schemen, Äste schlugen gegen ihre Arme, der Regen prasselte ihnen ins Gesicht. Immer schlammiger wurde der Weg. Auf einmal hörten sie, wie die Motorräder abbremsten. Einer ihrer Verfolger spielte nervös am Gaszug. Der Motor heulte auf, dann wurde es stiller. Befehle wurden gerufen. Sie schienen den Abzweig erreicht zu haben, wo sich Fistels aufgeteilt hatten, und berieten sich. Tammo klammerte sich an seine Schwester und wagte einen Blick zurück.

Auf der Kuppe hinter ihnen erschien plötzlich eines der Motorräder. Der Regen rann vom Helmvisier. Ihr Verfolger sah aus wie ein Ritter, kalt und unheilvoll. Dann hatte er sie ausgemacht. Seine Maschine heulte auf, und ihr Licht zuckte den Hang hinab wie eine todbringende Lanze.

Dodo keuchte vor Anstrengung. Sie gab ihr Letztes. Das Rad raste voran, jagte über Spalten

hinweg und schlidderte durch Rinnen. Der Lenker quietschte. In einer scharfen Kurve schließlich verlor sie die Kontrolle und schoss über die Böschung hinaus. Mit einem dumpfen Schlag landeten sie im Schlamm. Tammo presste es die Luft aus den Lungen. Dodos Handgelenk brannte vor Schmerz.

„Alles in Ordnung?"

„Mrr...", brummte Tammo und rieb sich den Kopf. Das Hinterrad drehte sich immer weiter.

„Hast du dich verletzt?"

„Nee, u... – *hk* – und du?"

Dodo winkte ab. „Wird schon gehen!"

Dann liefen sie los. Sie wussten weder, wo sie sich befanden, noch in welcher Richtung das nächste Haus liegen mochte. Alles, worauf es jetzt ankam, war, ihrem Verfolger zu entkommen.

Sie betraten den Wald und glitten zwischen den Stämmen ins Reich der Schatten. Zum Glück steckte das Päckchen immer noch in Dodos Hosenbund. Ihre Kleider starrten vor Schlamm. Das Motorrad brauste den Hang hinab, raste an der Stelle vorbei, wo sie aus der Bahn getragen worden waren und bremste wieder. Sein Knattern näherte sich langsam. Die Kinder duckten sich hinter einen Stamm und warteten mit fliegendem Puls. Da sahen sie den Lichtschein wieder, nur einen Steinwurf von ihnen entfernt.

„Komm ...“, flüsterte Dodo und zog ihren Bruder mit sich fort. Sie huschten tiefer und immer tiefer in den Wald hinein. Unwegsam war das Unterholz, es wurde mit jedem Schritt dichter. Die Hosen klebten an ihren Beinen.

Ihr Verfolger hatte den Motor abgestellt. Zu Fuß ging die Jagd weiter. Er suchte den Waldboden nach ihren Spuren ab. Tammo und Dodo waren nass bis auf die Haut. Strähnen hingen ihnen in die Augen, während sie vorwärts stolperten. Noch bemerkten sie nicht, dass der Boden immer sumpfiger wurde. Sie liefen im Zickzack weiter. Plötzlich blieb ihnen das Herz stehen. Der Fremde hatte begonnen, nach ihnen zu rufen.

„Kids …“

Seine Stimme klang sanft und lockend.

„Hey kids! Kinder! *I know you are here …“*

Zweige knackten. Im letzten Moment warfen sich Tammo und Dodo hinter einem Findling zu Boden. Sie pressten sich gegen den Stein. Fäulnis und Moder kitzelten ihre Nasen. Seine Schritte kamen immer näher.

„Ki-ids …“

Nur noch wenige Meter trennten ihn von ihrem Versteck. Jeden Tritt konnten sie hören.

„I thought you were smarter …“

Dodo stellten sich die Nackenhärchen auf. Die Stimme des Fremden kam aus unmittelbarer Nähe. Da hörten sie, wie ein Fuß auf ihren Findling gesetzt wurde. Eine Schuhsohle schabte über Stein. Entsetzen überkam sie, als ihnen klar wurde, dass er ihren Felsen erkletterte. Von oben schob er sich an sie heran. Ihre Glieder waren wie versteinert, keinen Finger konnten sie rühren vor Schock. Moosfladen rutschten Tammo in den Nacken, und der Suchstrahl zuckte über ihre Köpfe hinweg. Sie hörten ihn kichern. Plötzlich ertönte ein dumpfer Schlag, eine schwere Gestalt rutschte vom Findling und landete direkt vor ihnen im Moos. Reglos blieb sie liegen. Es war der Glatzköpfige von der Fähre.

Mit einem Schrei sprangen die Kinder auf und rasten wie von Sinnen davon. Birken ragten wie geistbleiche Speere aus dem Moor. Moos pratschte unter ihren Füßen. Wasser lief ihnen in die Schuhe, doch Tammo und Dodo stürzten weiter, ohne sich umzusehen. Immer weiter hinein in eine moorige Senke. Erst, als es schon zu spät war, hielten sie inne. Tammo spürte, wie der Boden seine Füße umklammert hielt. Er konnte sich kaum mehr von der Stelle rühren. Bis zu den Waden reichte ihm das übel riechende Wasser.

„Do... – *hk* – Dodo, ich sinke ein!“

Dodo griff nach seiner Hand und versuchte, ihn zu befreien. Sie stemmte sich gegen einen Baumstamm, doch ihre Kraft reichte nicht aus. Sie zerrte an Tammos Arm bis ihre Muskeln brannten, aber er sank immer tiefer ein. Panik überkam sie. Sie musste zusehen, wie ihr Bruder versank!

„Hilfe!", rief Dodo. „Zu Hilfe!"

„Hi... – *hk* – Hilfe!"

Auf einmal spürte Tammo, wie sich eine große Hand um seinen Arm schloss, knapp oberhalb der Stelle, an der ihn Dodo festhielt. Wie in Zeitlupe blickte er auf. Er sah, wie sich die Regentropfen im Fall drehten und beim Aufprall in unzähligen Tröpfchen vom Handrücken fortsprühten. Sein Blick glitt klobige Finger entlang, streifte einen Unterarm und schärfte sich schließlich auf einem Gesicht ein, das unmittelbar hinter Dodo aufragte. Ein eckiges Kinn stach aus dem Zwielicht, und die Nase hatte die Form eines breiten Kolbens. Unter buschigen Brauen blitzten schwarze Pupillen auf. Sie gehörten niemand anderem als dem Messermann. Hinter seiner Schwester stand der Hüne vom See und zog ihn aus dem Sumpf.

In Tammos Brust sammelte sich ein Schrei, doch er war starr vor Angst. Dodo hatte sich rascher gefasst, war flink unter der Achsel des Hünen durchgetaucht und ihm auf den Rücken gesprungen. Von dort traktierte sie ihn mit ihrer heilen Faust, schlug auf ihn ein und brüllte so laut sie nur konnte.

„Lass ihn los, du Monster! Loslassen! Lass meinen Bruder in Frieden!"

„Es reicht, Dodo. Schluss jetzt."

Die Stimme des Hünen klang, als würden Felsplatten aneinander reiben. Er sprach ruhig und zeigte sich unbeeindruckt von ihrem Angriff. Um irgendetwas zu tun, grub Dodo ihre Zähne in seine Schulter. Mit einem Ruck schüttelte er sie ab.

„Komm zu dir, Dodo!", gebot er und setzte den zitternden Tammo neben ihr ab.

„Wo... woher kennen Sie meinen Namen?“, stutzte sie.

Der Hüne verdrehte die Augen und ging vor ihnen in die Hocke. An seiner Hüfte baumelte die Messerscheide. Unwillkürlich mussten sie an die blutverschmierte Hose denken und schluckten schwer.

„Habt ihr es immer noch nicht erraten?“

Tammo kniff die Augen zusammen und starrte in das durchtropfte Zwielicht. Die Dämmerung hatte eingesetzt.

„Von Bogumil, Kinder. Natürlich von Bogumil! Ich dachte eigentlich, ihr hättet mich bereits gestern am See erkannt! Ich bin Egil ...“

„Schnu... Schnurpel?“

Die Kinder wechselten einen Blick.

„Sie sehen aber irgendwie gar nicht aus wie ein Schnurpel!“

24. Kapitel

„Und wie sollte eurer Meinung nach ein echter Schnurpel aussehen?“, fragte der Hüne und fuhr sich mit der Pranke über den Mund.

Dodo bemerkte, dass die Haut auf seinem Handrücken abgeschürft war.

„In jedem Fall schnurpeliger ...“, sagte Tammo.

„Apropos echt ...“, begann Dodo. „Woher sollen wir wissen, dass Sie keine Fälschung sind?“

Der Riese senkte seinen Kopf und kam ihrem Gesicht ganz nah. Dodo konnte die Spitzen der Härchen erkennen, die ihm aus der Nase wuchsen. Er schürzte die Lippen.

„Wenn ich eine Fälschung wäre, Dodo, dann würde ich kaum meine Zeit damit verschwenden, mich mit euch zu unterhalten. Dann hätte ich mir längst genommen, was ich suche, denkst du nicht auch?“ Sein mächtiger Zeigefinger tippte auf Dodos Bauch, dorthin, wo sich Bogumils Päckchen unter dem Stoff abzeichnete.

Sie wich einen Schritt zurück.

„Aber ich glaube, ihr wartet auf das hier …“ Damit krempelte er das Hemd an seinem linken Arm hoch und deutete auf eine Stelle. „Bogumil hat euch doch wenigstens die Tätowierung beschrieben, hoffe ich …“

Tammo blinzelte und besah sich das Stückchen Haut auf der Arminnenseite, das etwa eine Handbreit von der Achselhöhle entfernt lag. Dort sah er einen Kreis, darin ein Dreieck, die liegende Acht und sechs Pfeile. Die Tätowierung sah genau so aus, wie Bogumil sie ihnen beschrieben hatte. Es war der echte Egil Schnurpel. Trotzdem rümpfte Tammo, einer plötzlichen Eingebung folgend, die Nase.

„Schön und gut, aber Bogumil sprach von einer anderen Tätowierung!“

Dodo und Egil sahen ihn entgeistert an. Was sollte nun das? Und warum verschränkte Tammo die Arme vor der Brust, als säße ihm der leibhaftige Schalk im Nacken? Da dämmerte Dodo etwas.

„Genau!“, sagte sie. „Bogumil schrieb von einer anderen Tätowierung!“ Sie hatte sich nun ebenfalls an die Passage aus Bogumils Brief erinnert.

„Kinder!“ Egils Stimme wurde hell wie Steinstaub, und sein Nasenrücken überzog sich mit einer leichten Röte. „Kinder, ich habe aber nur diese eine!“

Dodo und Tammo wechselten einen Blick und sahen ihn triumphierend an.

„Tja, schade, sind Sie eben doch nicht der echte Schnurpel, was?“

Die Fingerknochen des Riesen knackten, die Sehnen an seinem Hals spannten und zuckten.

„Und Bogumil hat tatsächlich von ... von einer zweiten gesprochen?“

Sie nickten.

„So ein Hund ...“, zerknirscht sah Egil beiseite und zog sein Hemd aus der Hose. Dann schob er es bis über den Bauchnabel hoch und hielt still.

„Da?“ Dodo legte den Kopf schräg.

„Hm ...“

Die Kinder traten näher und beäugten Egil Schnurpels Bauchnabel. Tammo prustete zuerst los. Sein Blick wanderte die hünenhafte Gestalt hinauf, dann zwinkerte er.

„Hübsch!“, sagte Dodo. „Zwei Seepferdchen, die ein Herz bilden ... wirklich hübsch!“

Egil knirschte mit den Zähnen und stopfte sich das Hemd zurück in den Hosenbund.

„Aber, wer um Himmels willen ist Clarissa?“

„Clarissa mit einem Herzchen als i-Punkt!“, betonte Tammo.

„Geht euch gar nichts an ...“ Der echte Schnurpel ordnete verschämt seine Kleidung. „Seid ihr nun zufrieden, Kinder?“

„Wir?“ Tammo tat scheinheilig. „Ja, aber sicher, voll und ganz. Wir werden Ihnen Bogumils Päckchen geben. Aber wie sieht es mit Ihnen aus, Egil, sind Sie auch zufrieden ... mit dieser Tätowierung?“

Dodos Lachen perlte zwischen den Bäumen auf, dann stockte sie und sah ihren Bruder an. Ihre Augen weiteten sich.

„Tammo!“, sagte sie.

„Was denn?“

„Dein Schluckauf!“

Er war verschwunden. Nach einhundertdreiundvierzig Tagen, drei Stunden und sechzehn Minuten hatte er einfach aufgehört.

Tammo fasste sich an den Mund und horchte in sich hinein. Er fürchtete, dass es jeden Augenblick wieder losgehen könnte. Kaum wagte er zu atmen. Seine Finger lagen abgespreizt auf dem Bauch, hoben und senkten sich mit jedem Aus- und Einströmen der Luft. Tammo lachte.

„Er ... er ist weg!“

Dodo schlug Egil Schnurpel freundschaftlich auf die Schulter. Auf ganz eigenartige Weise hatten die Kinder, gleich nachdem sie die markante Tätowierung gesehen hatten, Zutrauen zu dem großen Mann gefasst. Es war, als würden sie ihn schon seit Ewigkeiten kennen. Vielleicht, weil sie sein Geheimnis durch Bogumils Brief erfahren hatten?

„Mensch, Sie haben Tammo so sehr erschreckt, dass sein Schluckauf weggeblieben ist!“

Egil Schnurpel zuckte mit den Schultern.

„Und?“

„Sie haben ja keine Ahnung, was mein Bruder alles probiert hat, um ihn loszuwerden: Kopfstand, Luft anhalten, Kaulquappen essen ... Er hatte ihn für ...“ Sie zögerte.

Da sprang ihr Tammo bei, der mit Zahlen besser umgehen konnte. „Einhundertdreiundvierzig Tage und – keine Ahnung, wie spät es ist ...“

„Ei, ei, ei, einhundertdreiundvierzig Tage Schluckauf ...“, sagte Egil und musterte sie ungläubig. „Na, da können wir ja fast froh sein, dass ihr verfolgt worden seid, nicht?“

Bei diesen Worten platzte die Blase aus Behaglichkeit, in welcher sie sich eingenistet hatten, und der Wald drang von allen Seiten auf sie ein. Doch, was noch viel schlimmer war: Der Gedanke an Feodora! Wie mochte es nur ihrer Mutter gehen?

„Mama!“

„Der Hagere!“

Egil nickte langsam und kratzte sich am Kinn. Dann griff er über sich nach einem armdicken Ast und brach ihn vom Baum. Holz splitterte, und die Kinder beobachteten jede seiner Bewegungen, während er die Zweige wegknickte und schließlich einen prächtigen Knüppel in seiner Pranke wog.

„Kinder, wir haben heute Nacht noch etwas zu erledigen ...“

Doch zuerst galt es, den Glatzköpfigen unschädlich zu machen. Egil wollte ihn verschnüren, damit er ihnen nicht noch einmal in die Quere kam. Denn natürlich war es Egil gewesen, der den Ganoven vom Findling geboxt hatte, dass diesem Sehen und Hören vergangen war. Der Hüne rieb sich den Handrücken, während sie durch den Wald stapften. Einige Minuten dauerte ihre Suche, dann standen sie erneut vor dem Felsen. Doch von ihrem Verfolger war nichts mehr zu sehen. Nur eine Mulde im Moos war zurückgeblieben und ein paar Tropfen Blut.

„So ein Mist ...“, murmelte Egil. „Hätte ich ihn doch vorher gefesselt ...“

Er trat gegen den Findling, doch es war nichts zu machen. Der Glatzköpfige hatte sich aus dem Staub gemacht und war als schon geschlagene Figur ins Spiel zurückgekehrt.

„Tammo, Dodo, bevor wir uns um eure Mutter kümmern, muss ich euch jetzt um Bogumils Päckchen bitten. Ich glaube, es ist an der Zeit, dass wir euren Botengang beenden, nicht wahr?“

„Was? Ausgerechnet jetzt?“

Dodo griff nach dem Päckchen, um welches sich seit Tagen ihr Bangen und Hoffen gedreht hatte, ja, welches zum Zentrum ihres neuen Lebens geworden war.

„Meinen Sie wirklich?“

Egil nickte. Da reichte sie es widerstrebend hinüber. Der echte Schnurpel prüfte die Siegel und öffnete dann das Päckchen. Die Kinder bekamen riesengroße Augen und versuchten, einen Blick auf den Inhalt zu erhaschen. Doch nur ein eingeschweißtes Bündel Papiere kam zum Vorschein. Etwa doch Plätzchenrezepte? Rasch steckte es Egil weg und pustete in den leeren Umschlag.

„Wir brauchen etwas Moos und Erde ...“, sagte er und begann das Päckchen mit einer neuen, nach Waldboden duftenden Füllung zu versehen. Nachdem sie ihre Vorbereitungen getroffen hatten, hockten sie sich zusammen und hielten Kriegsrat.

25. Kapitel

Noch vor dem ersten Licht des Tages begannen die Vögel zu zwitschern. Tammo stand mutterseelenallein im Wald und legte seinen Kopf in den Nacken. Sie hatten sich aufgeteilt und ihm war die Aufgabe zugefallen, auf direktem Weg zu der Stelle zurückzukehren, wo sie aus der Bahn getragen worden waren. Egil ging davon aus, dass er beim Motorrad auf die beiden Ganoven stoßen würde.

„Ihnen direkt in die Arme laufen …“ Tammo schüttelte den Kopf. „Einen blöderen Plan konnte der sich auch nicht ausdenken …“

Egil hatte ihn noch ein Stück weit begleitet und war dann lautlos im Unterholz verschwunden. Langsam ging Tammo weiter, mit jedem Schritt schlug sein Herz heftiger in der Brust, und seine Nasenflügel bebten vor Aufregung. Dass auch ja alles gut geht! Er dachte an Dodo, die zur gleichen Zeit durch die erwachende Welt schlich und an Feodora. Ob ihr Ablenkungsmanöver geglückt war?

„Kinder ...“

Plötzlich zitterte ein Ruf durchs Blätterdach und schreckte eine Gruppe müder Blaumeisen auf. Es war Feodoras Stimme, und sie hörte sich leider überhaupt nicht nach einem geglückten Ablenkungsmanöver an.

„Kinder, hört ihr mich?“

Er spürte die Angst in ihren Worten.

„Tammo! Dodo!“

Die Stimme seiner Mutter überschlug sich in den hohen Tönen, und Tammo ahnte bereits, in wessen Gesellschaft sie sich befand.

„Kinder, habt ihr das Pä... das Päckchen? Bringt es her zu mir! Bitte!“

„Mama?“ Tammo war stehen geblieben. Er wusste, dass es eine Falle war, doch hatte Egil genau damit gerechnet und sie, so gut es eben ging, vorbereitet.

„Mama, wo bist du?“

„Tammo! Hier, hier bin ich! Auf dem Weg!“

Er stapfte weiter und sah nun vor sich eine Stelle, wo die Bäume lichter wurden. Der Waldweg war nah.

„Mama, ich komme!“

Er brach durchs Unterholz, trat auf die Böschung hinaus und – wurde geblendet. Im selben Moment, als er den Wald verließ, flammte ein Motorradscheinwerfer auf und leuchtete ihm direkt ins Gesicht. Alles verschwamm in weißem Gleißen. Ein Blinzeln später wurde er von hinten gepackt und hochgehoben.

„Tammo? Oh, Tammo – es tut mir so leid!“, das war wieder Feodoras Stimme.

Mit eisernem Griff presste man ihn zu Boden, bis der Scheinwerfer verlosch und bunte Farbflecken als Nachbild vor seinen Augen zu tanzen begannen. Tammo wurde übel. Dann packte eine Hand sein Kinn und zwang sein Gesicht empor. Es war der Hagere, der sich über ihn beugte und ihm mit seiner scharf geschnittenen Nase bedrohlich nahe kam. Sein Adamsapfel hüpfte aufgeregt, und der Siegelring lag kühl an Tammos Kehle.

„Uwaga! Achtung! *Careful! Well ... young man, let's talk!"* Der Bösewicht lächelte sein blutleeres Lächeln und sah ihn aufmerksam an. Er schien etwas zu suchen. „Wir wollen reden nun, ja?"

Tammo zog die Brauen hoch.

„Worüber denn?"

„Tz ... tz ... *We* ... wir haben deine Mutter!"

Und wie um die eigenen Worte zu bekräftigen, drehte er Tammos Gesicht zur Seite, sodass dieser die beiden Motorräder sehen konnte und zwischen ihnen Feodora, die sich in der Gewalt des Glatzköpfigen befand. Ihr zweiter Verfolger hielt eine Pistole in der Linken und sah Furcht erregend aus. Nicht genug, dass seine Brille nun völlig verbogen war, auch seine rechte Hand war mit einem Stoffstreifen umwickelt und die Nase Blut verkrustet. Für ihn war diese Nacht bislang sehr unerfreulich verlaufen.

„Geht es dir gut, Mama?"

Doch bevor Feodora nicken konnte, zwang der Hagere Tammos Gesicht zurück und lächelte wie ein Haifisch, dem rosige Zehen vor der Nase baumelten.

„Where is it? Wo sind es?"

„Ja, Hilfe ...", sagte Tammo verschüchtert. „Ich habe keine Ahnung, wo es sind!"

Der Griff um seinen Kiefer wurde fester.

„Ehrlich, ich weiß es nicht! Dodo hatte es!"

„And the other guy? Der andere Typ?"

Tammo zuckte mit den Schultern.

„Keine Ahnung! Was für ein Typ überhaupt?"

Die Augen des Hageren bohrten sich in Tammos Blick, als plötzlich erneut ein Ruf erklang.

„Mama, wo bist du?"

Es war Dodos Stimme. Sie näherte sich ihnen vom oberen Weg her. Instinktiv legte der Hagere Tammo eine Hand auf den Mund, damit er seine Schwester nicht warnen konnte.

„Call her! Ruf sie!" Der Glatzköpfige fuchtelte nervös mit der Pistole vor Feodoras Nase herum.

Überhaupt schien ihm die Situation allmählich unübersichtlich zu werden. Es tauchten einfach zu viele Kinder aus dem Wald auf!

„Hier, Dodo, hier sind wir!", rief Feodora und ließ den Lauf der Waffe nicht aus den Augen.

Da bog auch schon Dodo um die Ecke und blieb wie angewurzelt stehen. Sie hielt das Päckchen in den Händen, und ihr Blick erfasste binnen kürzester Zeit die gesamte Szene.

„Mama! Tammo!"

Dann warf sie das Päckchen in die Luft und rannte kreischend davon. Es landete jenseits der Böschung im Gras. Die beiden Ganoven sahen sich an und ließen für einen Augenblick die Konzentration fahren. Was sollte nun das wieder? Tammo nutzte den Sekundenbruchteil, rammte dem Hageren sein Knie zwischen die Beine und flitzte davon. Der Typ krümmte sich am Boden und fluchte in einer Tammo völlig fremden Sprache. Mit der Faust schlug er in den Schlamm und richtete sich auf. Dann schleppte er sich zu

der Stelle hinüber, wo Dodo das Päckchen hatte fallen lassen. Er hob es auf. Und im nächsten Moment geschahen sehr viele Dinge in rasanter Reihenfolge.

Zuerst jagte ein gewaltiger Schatten direkt hinter dem Glatzköpfigen empor, ein Knüppel wurde geschwungen, ein Schuss löste sich, Feodora schrie, Egil rammte den Glatzköpfigen über den Haufen, der Hagere öffnete das Paket und starrte auf eine Handvoll Moos. Danach drehte er sich auf der Ferse um und sah einen Riesen auf sich zustürzen. Der echte Schnurpel schwang seinen Knüppel ein zweites Mal. Dann ging die Sonne auf.

26. Kapitel

Familie Fistel lag sich in den Armen und weinte vor Erleichterung. Egil war ganz darin vertieft, die beiden Schwerverbrecher sachgemäß zu verschnüren. Die abgefeuerte Kugel hatte glücklicherweise niemanden verletzt. Nur der Spiegel eines Motorrads war zersplittert. Als der Hagere und der Glatzköpfige wieder zu sich kamen, wanden sie sich in ihren Fesseln und fluchten in allen ihnen bekannten Sprachen auf die bildreichste Weise. Um was für Flüche es sich handelte, konnten die Kinder nur daran bemessen, wie rot Feodora und selbst Egil wurden. Und sie wurden knallrot.

„Ihr Mistkerle ...“, rief der Hüne nach einer Weile. „Wollt ihr ruhig sein, es sind Kinder unter uns!“

Egils Stimme klang dumpf wie eine Geröll-lawine, die zu Tal donnerte. Doch ihre Gefangenen fluchten weiter und fingen an, sich gegenseitig die Schuld zuzuschieben. Schließlich hatte der echte Schnurpel genug, schlüpfte aus seinen Gummistiefeln und zog die Socken aus. Größe 48. In jeder Hand hielt er einen, schnüffelte daran und ging vor den beiden Ganoven in die Hocke.

„So, ihr zwei. Ihr habt die Wahl, entweder ihr hört auf zu fluchen, oder ich muss euch einen Knebel zwischen die Kiemen schieben. Es liegt einzig und allein an euch, Anstand oder ...“ Dabei wedelte er ihnen mit seinen löchrigen Socken vor der Nase, woraufhin das Fluchen augenblicklich verstummte. Der Hagere funkelte böse.

Feodora hatte sich unterdessen bei den Kindern untergehakt und trat auf ihren Retter zu, sie schniefte leise.

„Herr Schnurpel ...“, begann sie. „Ich ... ich möchte mich bedanken! Sie haben uns das Leben gerettet, das ... das werde ich Ihnen nie vergessen, niemals, Herr Schnurpel!“

Wieder begann sie zu weinen. Egil versteckte beschämt die Socken hinter seinem Rücken, trat von einem schlammigen Fuß auf den anderen und murmelte: „Egil …“

„Wie? Wa … was meinen Sie?“

„Ach, nennen Sie mich doch Egil! Schnurpel klingt so … so förmlich.“

„Egil …“, hauchte Feodora, und in ihre Augen trat ein neuerliches Leuchten. Nun war nicht mehr klar zu sagen, woher die Rötung ihrer Wangen stammte.

„Ein schöner Name …“

„Feodora aber auch!“

Oh je. Das musste ja kommen. Tammo verdrehte die Augen und stieß seine Mutter in die Seite.

„Mama, musst du ausgerechnet jetzt anfangen, mit Egil zu flirten? Hat das nicht noch ein bisschen Zeit? Wir haben hier eine ganze Menge zu erledigen! Schau dich doch mal um!“

Feodora sah ihrem Sohn scharf in die Augen und stutzte plötzlich.

„Aber, Tammo! Was ist mit … deinem Schluckauf?“

Dodo, Egil und Tammo nickten.

„Ist weg, Mama!"

„Hach, aber das ist fantastisch! Geradezu sensationell! Ich bin ja so froh, dass alles gut gegangen ist. Keiner ist verletzt, die Ganoven sind gefangen, das Päckchen ist ... Ja, wo ist eigentlich das Päckchen?"

„Ich habe es. Euer Auftrag ist damit erfüllt. Sie haben ganz großartige Kinder, Feodora. Sehr mutig, sehr pfiffig", sagte Egil und legte Dodo seine gewaltige Hand auf den Scheitel.

„Unser Auftrag ist erfüllt ..." Feodoras Gestalt reckte sich. Ein Triumphgefühl begann in ihr zu keimen. Sie hatten es geschafft. Bogumils Boten waren am Ziel ihrer Reise angelangt und hatten allen Gefahren mutig die Stirn geboten! Und nun standen sie an einem wunderschönen Sommermorgen mitten im Wald, eingerahmt von Motorrädern, gefesselten Gaunern und einem alles überragenden Egil Schnurpel.

„Wir haben es tatsächlich geschafft ..."

Der Hüne zwinkerte ihnen zu.

„Und wie wird es jetzt weitergehen?“

„Nun ... zuerst einmal werde ich die beiden Störenfriede hier auf meinen Pritschenwagen packen und abliefern. Dann wird sich auch Bogumil bemerkbar machen, denke ich. In spätestens drei Tagen bin ich mit Neuigkeiten zurück.“

„Und wir?“

Egil grinste.

„Machen Sie Urlaub, den haben Sie sich redlich verdient!“

Feodora sann einen Moment lang nach und sah dann Tammo und Dodo an.

„Wollen wir noch bleiben, Kinder? Hier, in Schweden?“

Dodos Grinsen wuchs in die Breite.

„Na klar!“

„Wir haben da noch eine Rechnung offen – mit einem Hecht!“, sagte Tammo.

„Etwa der Große in der Seerosenbucht?“, fragte Egil neugierig. Die Kinder sahen ihn an.

„Na, viel Glück dabei, ich versuche ihn schon seit Jahren zu fangen! Sagt mir Bescheid, wenn ihr ihn erwischt habt!“

Mit diesen Worten drückte er ihnen nacheinander die Hand und verabschiedete sich fürs Erste. Dann nahm er seinen Knüppel wieder auf und trieb den Glatzköpfigen und den Hageren vor sich her bis zu seinem Wagen, den er irgendwo am Fuß des Hangs abgestellt hatte.

„Auf Wiedersehen, Egil!“, rief ihm Feodora hinterher. Er winkte ihnen über die Schulter, und dann waren die drei im Flirren des jungen Lichtes verschwunden. Familie Fistel blieb mit den Motorrädern und ihren verbeulten Drahteseln allein zurück.

„Und jetzt?“, fragte Dodo.

„Jetzt schieben wir die Räder nach Hause und machen Frühstück. Ich sag euch, Kinder, ich habe einen Hunger! Einen ganzen Elch könnte ich verdrücken, mit Spiegeleiern!“

„Und ich erst!“

Gemächlich machten sie sich auf den Weg. Der Wald dampfte vor Morgensonne, nassen Moospolstern und guter Laune. Fistels waren in Hochstimmung und gingen den goldensten Tagen des ganzen Jahres entgegen. Mückenschwärme standen über dem Weg und tanzten nach einer für menschliche Ohren nicht wahrnehmbaren Melodie.

Dodo und Tammo fühlten sich wie Helden. Sie hatten die Ganoven ausgetrickst und Feodora aus deren Fängen befreit! Nun waren sie es wirklich und leibhaftig: Bogumils Boten. Ihren Auftrag hatten sie erfüllt, und jetzt warteten immer noch gut und gerne zwei Wochen Urlaub auf sie. Schwedenwochen! Zwei Wochen angefüllt mit Pilzen, Beeren und Fischen. Zwei Wochen ungetrübten Glücks!

Sie fühlten sich, als würde Goldstaub in ihren Adern wirbeln. Alles prickelte. Die Welt glühte und gehörte in diesem einen Augenblick ihnen ganz allein.

27. Kapitel

Die nächsten Tage verbrachten Fistels in großer Ruhe. Die meiste Zeit über lagen sie in der Hängematte oder spazierten gemeinsam zum See hinunter, um im flachen Wasser zu baden. Sie ließen sich die Sonne auf den Bauch scheinen, paddelten vor sich hin und vergaßen Stück für Stück die Schrecken ihrer dunkelsten Nacht.

Wenn sie dann abends um den Küchentisch herum saßen, grübelten sie darüber, was Egil wohl in diesem Moment tat, und ob er Bogumil vielleicht getroffen hatte. Irgendwie war die Sache mit Bogumil, seinen Boten und dem geheimnisvollen Päckchen ja immer noch sehr undurchsichtig. Feodora ließ sich von ihren Kindern immer wieder beschreiben, was sie gesehen hatten, als Egil den Umschlag aufriss, doch schlau wurden sie daraus nicht. Es schien ein Geheimnis bleiben zu sollen, für heute und für alle Zeit ...

So verstrichen zwei Tage wie Dodos leere Tagebuchseiten, der dritte neigte sich dem Ende entgegen, ohne auch nur ein Anzeichen von Egils Rückkehr zu liefern. Erst am späten Nachmittag des vierten Tages, Fistels fläzten sich gerade unter ihre Abendlichtbirke und tranken selbstgemachten Eistee, stand er plötzlich in der Einfahrt. Lautlos war er aufgetaucht, wie eines der zahllosen Fragezeichen, die ihr Abenteuer aufgeworfen hatte. Dodo lächelte, als sie das Funkeln in Feodoras Augenwinkeln bemerkte. Ihre Mutter richtete sich auf die Ellenbogen auf und schob die Kleeblüte, an deren Stängel sie gekaut hatte, bis zur äußersten Kante der Unterlippe vor. „Erwachsene können ganz schön komisch sein“, dachte Dodo sich.

„Mama und der Messermann …“, raunte ihr Tammo zu und kicherte hinter vorgehaltener Hand.

„Hej, hej!“, rief Egil. „Ich bin zurück!“

Feodora erhob sich und ging ihm entgegen.

„Hallo, Egil, wie schön, dass Sie endlich da sind. Wir hatten schon gestern mit Ihnen gerechnet und uns Sorgen gemacht!"

Nun, eigentlich hatte sich nur Feodora Sorgen gemacht, aber das konnte sie ja schlecht sagen.

„Haben Sie Bogumil getroffen?"

Bei Feodoras Frage horchten die Kinder auf und ließen sich kein Rucken in Egils Gesicht entgehen.

„Getroffen? Sie meinen, von Angesicht zu Angesicht? Feodora, Sie belieben zu scherzen! Ich habe Bogumil in meinem ganzen Leben noch nicht getroffen, er schreibt Briefe und hinterlässt Notizen. Er gibt Anweisungen, wo etwas abgeholt oder hingebracht werden soll ... Getroffen hat ihn noch keiner seiner Boten, glaube ich."

Mit dieser Offenbarung hatten Fistels nicht gerechnet. Bogumil wurde noch geisterhafter, als er es eh schon war.

„Oh ...", machte Feodora.

„Und trotzdem, liebe Familie Fistel, gibt es Neuigkeiten von ihm!"

Diese Nachricht elektrisierte alle unter der Birke, die Kinder sprangen auf und rannten zu den Erwachsenen hinüber.

„Neuigkeiten? Was denn für Neuigkeiten? Hat er uns geschrieben?“

„Gibt es einen neuen Brief?“

„So etwas Ähnliches.“ Egil reichte ihnen eine deutsche Tageszeitung, die auf Seite zwölf aufgeschlagen war. Das Papier raschelte, als sich die drei darauf stürzten. Am Rand befanden sich Kleinanzeigen und – da! – gab es einen umfangreichen Artikel über die Zerschlagung eines international agierenden Schmugglerringes. Fistels verschlangen jedes einzelne Wort.

„Und wir haben dazu beigetragen?“, fragte Feodora mit einem träumerischen Gesichtsausdruck.

„Beigetragen? Wozu beigetragen?“ Egil schien irritiert.

„Na, zur Zerschlagung des Schmugglerringes! Oder was dachten Sie?“

Nun trat er neben sie und äugte auf die Zeitungsseite. Plötzlich lachte er laut auf.

„Oh, entschuldigen Sie, aber das war die falsche Stelle! Hier, schauen Sie bitte hier. Bogumils Nachricht ist verschlüsselt. Hier auf der linken Seite!“

Egils klobige Fingerkuppe fuhr die Kleinanzeigen ab und blieb unter einer unscheinbaren Notiz stehen. Dort lasen sie:

Zum fünften Geburtstag!

Der kleine Bogumil möchte sich herzlich
bei Feodora, Dodo und Tammo für
das schwedische Päckchen bedanken.
Es war das schönste Geschenk!

Ihnen standen die Münder offen vor Empörung. Das konnte doch nicht wahr sein! Das war doch nicht möglich! Zum Geburtstag? Der kleine Bogumil? Fistels verstanden die Welt nicht mehr.

„Und … und das soll es gewesen sein?“ Feodora stemmte ihre Hände in die Hüften. „Dafür haben wir unser Leben riskiert? Egil, das meinen Sie nicht ernst!“

Der Hüne blickte betroffen zu Boden.

„Ich fürchte doch, so läuft das nun einmal bei uns im Geschäft. Auf diese Weise wird mitgeteilt, dass ein Botengang erfolgreich beendet wurde. Es tut mir leid, wenn Sie das enttäuscht, Feodora, aber Bogumil wird nicht hier sein, um mit Ihnen am Tisch zu sitzen und Rotwein zu trinken …“

„Wird er nicht …“, Feodora sprach wie zu sich selbst.

„Und was wird aus all den offenen Fragen?“ Dodo hatte ihr Kinn vorgereckt und die Arme vor der Brust verschränkt. „Was war zum Beispiel im Päckchen drin? Was haben Sie damit gemacht? Wie viele Boten gibt es? Und wer ist Bogumil überhaupt? War es das jetzt, oder wird er sich wieder melden? Na, das würde ich ja doch ganz gerne erfahren!“ Ihre Augen funkelten herausfordernd.

Egil rieb sich das Kinn. Er grummelte.

„Liebe Dodo, keiner weiß so genau, wer Bogumil ist. Keiner! Und niemand darf vorerst erfahren, was das Päckchen enthielt – Papiere, ja. Aber mehr weiß ich auch noch nicht. Ehrenwort!“

Der Hüne spürte genau, dass Fistels diese Erklärungen nicht reichten.

„Ich weiß nicht mehr! Da müsst ihr euch an einen älteren Boten wenden. Tlön weiß bestimmt mehr! Er ist viel länger im Geschäft als ich ...“

Es war, als wäre eine Bombe unter der Birke explodiert. Feodora, Tammo und Dodo starrten sich an.

„Thadäus Tlön?“

Egil nickte.

„Er hat euch schließlich empfohlen ...“

Tammo kam es vor, als würde sein ganzes Leben in einem Film vor ihm ablaufen. Die unzähligen Gespräche mit seinem Biolehrer zwischen den Terrarien erschienen in einem ganz neuen Licht, ebenso die Ratschläge und Hilfen. Tlön war ein Bote? Und langsam fügte sich Puzzlestück zu Puzzlestück, und er begann zu verstehen. Feodora hingegen musste sich hinhocken, und Dodo stand noch immer der Mund offen. Ihre Geschichte war offensichtlich noch nicht zu Ende. Noch lange nicht! Feodora nahm ihre Brille ab und rieb sich über die Augen, als wollte sie ein Traumgespinst verscheuchen. Sie hob den Kopf und sah Egil lange und eindringlich an.

„Na gut, Egil, dann werden Sie sich wohl oder übel die Zeit nehmen müssen, um mit uns am Tisch zu sitzen und Rotwein zu trinken!“ Ihre Augen funkelten wieder.

„Mit dem größten Vergnügen, Feodora ... Da ... da gibt es nur noch eine Kleinigkeit ...“

„Oh bitte, Egil, verschonen Sie mich mit Kleinigkeiten!“

„Aber ich wollte Tammo und Dodo doch nur den Vorschlag machen, vor dem Abendessen bei dem großen Hecht vorzusprechen! Vielleicht schaffen wir es ja mit vereinten Kräften, ihn zu überlisten. Das Wetter ist gut, mein Ruderboot wartet – was sagt ihr?"

Die Kinder schüttelten die Erstarrung ab und hockten sich neben ihre Mutter ins Gras. Zeit zum Nachdenken würde es später noch genug geben. Und Herrn Tlön, das beschlossen sie insgeheim, wollten sie sich zu Hause vornehmen. Jetzt hatte sie der Urlaub wieder!

„Dürfen wir?"

„Ja, Mama, wir dürfen doch! Oder?"

Sie durften. Jubelnd sprangen sie los und sammelten ihre Angelsachen zusammen, dann rannten sie mit Egil zum Wagen und fuhren hinunter bis zu der Stelle am See, wo der zerbeulte Wohnwagen stand, vor dessen Fenstern sie die blutverschmierte Kleidung entdeckt hatten. Heute war die Wäscheleine leer. Und das Boot hatte

Egil längsseits am Steg vertäut. Die Ruder hingen ins Wasser.

„Wollen wir dann?“ Egil stieg zuerst ein und reichte ihnen nacheinander die Hand. Das Boot schwankte, und Wellen plätscherten gegen die Böschung. Anschließend richteten die Kinder ihre Ruten. Der See lag schweigend, Wellen kräuselten die Oberfläche. Einige Blesshühner linsten aus dem Röhricht, und in der Ferne war ein Platschen zu hören.

„Sie rauben!“, sagte Egil und wies mit dem Daumen über seine Schulter. „Die Hechte jagen nach kleinen Fischen! Vielleicht haben wir Glück, Kinder, und können Feodora mit einem Fisch überraschen!“

Tammo und Dodo hatte es vor Aufregung die Sprache verschlagen. Noch nie waren sie mit einem Ruderboot unterwegs gewesen. Sie fühlten sich wie Abenteurer, wie Trapper und Fallensteller in den entlegenen Winkeln Alaskas. Egil saß ihnen gegenüber und hatte die Ruder ergriffen.

Seine Arme spannten sich, und die Ruderblätter tauchten ein. Mit kräftigem Schub ging die Fahrt los. Sie staunten. Was für einen Unterschied es doch machte, ob man vom Ufer aus einen See erkundete, oder über ihn dahinglitt. Die Wellenkämme funkelten in der tiefstehenden Sonne. Wasserläufer zuckten davon, und winzige Fische schossen unter ihrem Kiel vorbei.

„Lasst die Köder schon mal zu Wasser, wir schleppen sie hinter uns her.“

Die Kinder taten, wie ihnen geheißen, und beobachteten, wie die Kunstköder eintauchten und hinter ihnen herzuckelten. Tammo hatte wieder den gelben Balsaholzfisch montiert. Die Rutenspitzen wippten leicht.

„Ich steuere uns direkt an den Leichkrautwäldern vorbei. Dort stehen die Hechte ...“

Sie verließen die Bucht und ruderten an einem Schilfgürtel entlang. Die Kinder erkannten die Stelle wieder, wo sie vom Hügel herabgestiegen waren und Tammo seinen ersten Wurf versucht hatte. Seerosenblüten wiegten sich wie Papierboote im Wind. Dann rief der Sterntaucher erneut, und sie horchten auf. Wo war er nur? Alle Erinnerungen kamen ihnen wieder: Egils Fußspuren, dann das blitzende Messer am anderen Ufer.

Auf einmal stieß der echte Schnurpel einen Ruf aus und hörte auf zu rudern. Tammos Rute bog sich zum Halbkreis und wäre ihm fast aus den Händen gerissen worden. Ein Fisch hatte angebissen!

„Biss!", riefen Tammo und Dodo wie aus einem Mund.

„Jetzt ruhig, nur ruhig, Tammo. Gib ihm Schnur, lass ihn erst einmal davonziehen!" Wassertröpfchen stoben von der Rolle, und Tammo hockte lachend im Boot. In den Armen spürte er die Schläge seines Gegners, das rasante Abtauchen und Dahinzischen.

„Das ist ein Großer ...", murmelte Egil und reichte Dodo den Kescher. „Aber bleibt hocken, Kinder, sonst kentern wir!"

Der Tanz ging weiter. Unsichtbar schoss der Fisch dahin, zog Schnur von der Rolle und zwang die Rutenspitze bis auf die Wasseroberfläche. Im nächsten Moment wendete er, und Tammo hatte alle Mühe, die Schnur straffzuhalten. Er kurbelte, was das Zeug hielt. Und plötzlich durchbrach ein gewaltiger Körper die Wasseroberfläche. Der Hecht sprang!

Wie in Tammos Traum! Ein riesiges Maul klaffte auf, und im Winkel leuchtete der gelbe Balsaholzfisch! Dann klatschte er zurück und zog erneut davon.

„Es ... es ist der Große", rief Tammo mit zittriger Stimme. „Dodo, es ist der Große!"

Seine Schwester verfolgte angespannt die Bewegungen des Fisches und gehorchte Egils leisen Anweisungen. Sie hielt den Kescher parat und wartete. Eine Minute verging, doch der Fisch zeigte keine Spur von Erschöpfung. Zwei Minuten vergingen, und noch immer zog er kraftvoll davon. Drei Minuten, vier, fünf, sechs

Minuten verstrichen. Tammos Arme begannen zu erschlaffen, und sein Lachen war zu einem andächtigen Staunen geworden.

Endlich schien sein Gegner müde zu werden, die Fluchten fielen kürzer aus, er schlug das Wasser nicht mehr gar so schaumig. Stück für Stück gelang es Tammo, ihn ans Boot heranzuführen. Er kurbelte und zog. Behutsam, langsam. Da tauchte der Hecht auf, seine Flanke funkelte im seichten Wasser. Die gelben Tupfen leuchteten, umgeben vom Olivgrün des Rückens. Seine Flossen fächelten leicht.

„Jetzt den Kescher, Dodo, aber vorsichtig, ganz vorsichtig!"

Dodo ließ das Netz hinter dem Fisch zu Wasser und schob es langsam, ganz langsam an ihn heran. Die Schwanzflosse glitt in die Maschen, die Rückenflosse, der Kopf. Dann explodierte das Wasser ein letztes Mal, der Hecht bäumte sich auf. Doch es war zu spät. Dodo hatte ihn sicher im Netz. Sie schrien vor Glück!

„Wir haben ihn! Wir haben ihn!“

Egil freute sich mit ihnen und half, den Brocken über die Bordwand zu hieven. Die Kiemendeckel hoben und senkten sich. Es war ein atemberaubender Anblick. Wunderschön gemustert und knapp einen Meter lang.

„Der ist ja größer als ein Krokodil …“, gluckste Tammo und berührte ehrfürchtig den bezwungenen Hecht.

Egil hatte in der Zwischenzeit den Haken gelöst und Tammos Balsaholzfisch ins Wasser hängen lassen. Sie schwiegen.

„Da wird Mama aber Augen machen, wenn wir ihr den in die Pfanne legen …“, sagte Tammo nach einer Weile.

„Ach was, Tammo, den müssen wir ihr mindestens in zwei Pfannen legen!“

Egil schüttelte den Kopf.

„Nein, Kinder. Den setzen wir zurück.“

Empört sahen sie ihn an.

„Was? Etwa zurück ins Wasser?“

Er nickte.

„Es ist ein altes Weibchen, wisst ihr … Sie sorgt dafür, dass wir Jahr für Jahr junge Hechte bekommen, und die schmecken auch viel besser."

Die Kinder sahen die Hechtdame an.

Tammo schimpfte: „Und wir haben nicht einmal einen Fotoapparat dabei …"

Mit einem nachsichtigen Lächeln hob Egil den Fisch aus den Maschen und senkte ihn zurück ins Wasser.

„Verabschiedet euch von ihr, sie hat es verdient."

Dann lösten sich seine Hände von den Flanken, und die große Hechtdame atmete einmal, zweimal tief durch und verschwand mit einem Schlag ihrer Schwanzflosse in den Licht durchfluteten Wasserschichten. Die Kinder sahen ihr nach, ein wenig traurig, aber auch beseelt von einem ungeahnten Stolz.

„Nehmt es mir nicht krumm, Kinder", begann Egil. „Die wirklich großen Dinge im Leben kann man eh nicht besitzen. Einen Herzschlag lang bestaunen? Ja. Aber besitzen ..."

Er schüttelte den Kopf, und Tammo und Dodo spürten, dass ihr Freund die Wahrheit gesprochen hatte.

28. Kapitel

Wie in Trance ruderten sie zurück. Tammo lehnte sich über die Bordwand und hielt den gelben Balsaholzfisch zwischen den Fingern. Dodo ließ ihre Hand ins Wasser baumeln und summte vor sich hin. Plötzlich merkte sie auf, wobei ein Schmunzeln ihre Mundwinkel hob.

„Ist das nicht komisch? Die Hechtdame und Tammo haben beide denselben Haken zu spüren bekommen ... und sind doch beide noch mal davongekommen!"

Egil lächelte.

„Stimmt. Das war ein ziemlich gekonnter Wurf, den du da hingelegt hast, Tammo. Schafft nicht jeder, den eigenen Hintern zu angeln ..."

Sie lachten und scheuchten damit ein Entenpärchen auf, das schnatternd das Weite suchte.

Egil ruderte in gleichmäßigen Zügen, und das Boot glitt dahin. Hin und wieder rutschte sein Hemd bis zum Bauchnabel hoch und legte ein Stückchen der Tätowierung frei. Schließlich tauchte die Sonne zwischen den Birken ein, und es wurde merklich kühler. Ein Hauch von Abendnebel spielte über dem See, und die Schatten wurden lang. Bald lag die Seerosenbucht weit in ihrem Rücken, und nur noch die sich schließenden Blüten leuchteten weiß auf in dem sich spiegelnden Wald.

„Schade nur, dass wir keinen Fisch zum Essen haben ...“, meinte Dodo.

„Na, es gibt ja noch andere Tage – und mein Boot könnt ihr euch ausleihen, wann immer ihr wollt!“

„Hey, das ist ein Wort!“ Tammo strahlte.

Nach einer Weile fügte Egil hinzu: „Im Grunde genommen bin ich ganz froh, dass wir den Hecht nicht mitgenommen haben. Bestimmt wäre es an mir hängengeblieben, ihn auszunehmen, und das ist wahrhaftig kein Vergnügen. Ich sage euch, Kinder, danach sehe ich immer aus wie ein Metzger, selbst wenn ich mich nur in Unterhosen auf den Steg hocke ...“

Die Kinder sahen sich an. So war das also … Zumindest eines der zahllosen Rätsel löste sich vor ihren Augen in feinen, kühlen Dunst auf und schwebte über dem Wasser davon. Doch Tammo wurde mit einem Mal nachdenklich. Es lag wohl an einem Wort, das Egil benutzt hatte. Wie der Schatten eines Raubvogels zog es über sein Gesicht: Metzger.

Dodo bemerkte seine Miene und fuhr ihm mit der Hand über die Stirn. „Was ist denn, Brüderchen? Du schaust auf einmal so ernst!"

Er schüttelte sich. „Ach nichts, Dodo, ich musste nur gerade an Zuhause denken und an Rauli …" Es kam ihm vor, als hätte er sich an etwas erinnert, das Jahrzehnte zurücklag. Erinnerungen aus einem früheren Leben. Was war nicht alles passiert, seit diesem sonderbaren Tag vor den Sommerferien! Er musste an Achill denken und an Thadäus Tlön, und da heiterte sich sein Gesicht wieder auf. Das würde ein spannendes Wiedersehen geben! Egil hatte Tammo nicht aus den Augen gelassen, er verfolgte jede Regung in dessen Gesicht.

„Und dieser Rauli ist ...?“, fragte der echte Schnurpel und senkte erneut die Ruderblätter ins Wasser.

„... der größte Arschklops, der mir je untergekommen ist!“, antwortete Dodo.

„Abgesehen vielleicht von dem Glatzköpfigen und dem Hageren.“

„Aus der Schule, Tammo?“

Er nickte Egil zu.

„Ist er jetzt wichtig, dieser Rauli? Jetzt im Moment, meine ich?“

Tammo legte den Kopf schräg und verneinte.

„Dann kümmere dich um ihn, wenn er wichtig ist! Heute Abend haben wir etwas Besseres zu tun. Was denkst du?“

Tammo sah auf seine Hände und stellte sich vor, Rauli wäre so groß wie sein Daumen. Er lächelte und rieb sich über die frisch gewaschenen Jeans mit den rosa Aufschlägen. Dann ließ er Rauli über die Reling trippeln, legte die Hand auf das Holz und schnippte ihn mit einem Finger fort. Seine Fantasie zerstob, und der Schatten verschwand.

Kurze Zeit später stieß ihr Boot gegen den Steg, und sie stiegen aus. Schweigend gingen sie an Egils Wohnwagen vorbei und fuhren zurück zum Haus. Die Fenster schimmerten erleuchtet zwischen den Birkenstämmen, und die schwedische Nacht legte sich mit einem tiefen, satten Blau über ihre Zufriedenheit. Hohl klangen ihre Schritte auf den Bohlen der Veranda, und die Eidechsen wuselten nur so durcheinander. Auch für sie war es Zeit. Die Sonne war untergegangen, und der Wald atmete auf. Plötzlich öffnete sich die Haustür vor ihnen, und Feodora erschien mit einem Lächeln auf der Türschwelle. Sie trug ihr gelbes Kleid, bemerkten die Kinder und huschten an ihrer Mutter vorbei. Es roch nach Bratkartoffeln, Fleischbällchen und frischem Brot. Weingläser standen auf dem Tisch, und für diese Nacht waren alle Geister verscheucht.

„Wie gut, dass wir noch Fleischbällchen hatten!“, sagte Feodora mit einem Zwinkern. „Den Großen habt ihr wohl nicht erwischt, was Kinder?“

Tammo, Dodo und Egil tauschten einen vielsagenden Blick miteinander. Nur sie kannten das Geheimnis.

„Ach, Mama ...“, sagte Dodo. „Die wirklich großen Dinge kann man eh nicht besitzen!“

„E... – *hik* – eben!“

Foto: Joachim Stretz

Der Autor

Simak Büchel wurde 1977 in Bonn geboren, studierte Biologie, Philosophie und Germanistik und leitete mehrere Jahre internationale Jugendbegegnungen in Ostafrika. Seit 2007 ist er freier Autor, bringt Kindern mit seinen Abenteuer-Lesungen die Faszination für Geschichten näher und entführt, schauspielernd und lesend, in die Welten der Fantasie. Sein Schaffen wurde mit mehreren Stipendien ausgezeichnet, wiederholt mit einem Arbeitsstipendium des Landes NRW für Autorinnen und Autoren. Mit Frau, Sohn und Tochter lebt er in Ruppichteroth im Bergischen Land.

www.simakbuechel.de

Foto: Lilly Friedeberg

Die Illustratorin

Dipl.-Des. Fides Friedeberg, Jahrgang 1970, studierte Kommunikationsdesign mit dem Schwerpunkt Illustration an der Rhein-Sieg-Akademie in Hennef. Zunächst arbeitete sie als Grafikerin in verschiedenen Werbeagenturen und machte sich dann 2002 selbstständig. Seitdem ist sie hauptsächlich als Illustratorin für verschiedene Schul- und Kinderbuchverlage tätig sowie für Zeitschriften und Museen. Sie lebt mit ihrer Tochter in Bonn.

www.fides-friedeberg.de

Tammos zweites Abenteuer:

Im Auftrag von Bogumil
Band 2: Das verschollene Vermächtnis

Tammo Fistel, seine Mutter und Schwester sind gerade von einem geheimen Botengang zurück, als sie merken, dass man ihnen vor ihrer Haustür auflauert. Was als Ferienabenteuer begann, ist längst nicht zu Ende! Und Bogumil, ihr rätselhafter Auftraggeber spielt sein ganz eigenes Spiel. Dabei sind ihm alle Mittel recht. Und nun jagt auch Familie Fistel einem verschollenen Vermächtnis nach. Bis nach Paraguay verschlägt es Tammo bei dieser zweiten Mission im Auftrag von Bogumil!

Illustriert von Franziska Walther
344 Seiten (ab 10)
ISBN 978-3-941651-67-8

Tammos drittes Abenteuer:

Im Auftrag von Bogumil
Band 3: Geflügelte Schatten

Die dritte Mission im Auftrag von Bogumil hält Tammo Fistel und seine Schwester in Paraguay fest. Ein Abenteuer der Extreme erwartet sie in der südamerikanischen Wildnis: In einer Kaverne im Wald sollen die Boten nun endlich die geflügelten Schatten finden. Und den Weltkeim, dem Bogumils ganze Machenschaften gelten.
Die Pferde sind bereits gesattelt, der Proviant ist gepackt. Der Berg der Schatten ruft! Doch je näher sie dessen Steilhängen kommen, desto deutlicher spürt Tammo, dass sie sich in fürchterliche Gefahr begeben. Denn wie hieß es seinerzeit in der dunklen Prophezeiung? „Mit dem letzten Rätsel endet die Welt!“

Illustrationen von Franziska Walther
352 Seiten
ISBN 978-3-941651-68-5

Weitere DIX-Bücher
für Jungen und Mädchen
zwischen 8 und 12 Jahren

Marc Beck

Der weltbeste Erfinder

Joshie hat einen Traum: Er will der weltbeste Erfinder werden. Als er von einem Wettbewerb hört, macht er sich sofort ans Werk. Einige Versuche misslingen. Dann wendet sich das Blatt. Nicht nur, dass er einen blau schimmernden Meteoriten findet, ihm gelingt auch der Bau eines fliegenden Skateboards. Damit fängt das größte Abenteuer aber erst an: Ein Erfinder-Konkurrent stiehlt ihm das Flugboard und die Wiederbeschaffung wird wegen des näher rückenden Wettbewerbs zu einem Wettlauf gegen die Zeit.

ISBN 978-3-941651-50-0

Andrea Karimé

Jonny Himmelblau und das Geheimnis von Schweiger

Junis – genannt Jonny Himmelblau, weil er das Blaue vom Himmel redet – ist der Sohn eines fahrenden Zitronenhändlers in Kairo. Eines Tages merkt er, dass sein bester Freund Schweiger ihm etwas verheimlicht. Und als Schweiger kurze Zeit später spurlos verschwindet, zögert Jonny keinen Augenblick. Er begibt sich auf eine abenteuerliche, nicht ungefährliche Suche durch das nächtliche Kairo im Milieu der Straßenkinder. Als er schließlich das Geheimnis seines Freundes aufdeckt, weiß er nicht, ob er noch Schweigers Freund bleiben kann.

ISBN 978-3-941651-69-2

Andrea Karimé

Jonny Himmelblau und der Millionenvogel

Jonny Himmelblau, der Sohn eines Zitronenhändlers in Kairo, muss sich von Freundin Aische verabschieden. Wegen der zunehmenden Unruhen im Land nimmt ihr Vater sie mit zur Tante nach Deutschland. Zusammen mit dem blinden Schuhputzer Malik jagt Jonny wie versprochen weiter dem wertvollen, gestohlenen Vogel von Aisches verstorbener Mutter hinterher. Wird er ihn finden? Und wird Aische nach der Revolution zurück nach Kairo kommen?

ISBN 978-3-941651-02-9

DIX VERLAG

www.dix-verlag.de